새벽의 그림자

새벽의
그림자

최유안

장편소설

은행나무

차례

1장

풀잎이 바스락거리며 온몸을 쓸어내린다. 쉴 새 없이 몰아
드는 거친 바람에 숨이 턱 막힌다. 바람이 훑고 지나갈 때마다
몸이 멋대로 휘청인다. 해주의 발끝에 온 신경이 곤두서 있다.
몸 앞뒤로 실린 무게를 버텨야 한다. 눈을 길게 늘어뜨려 가느
다랗게 떠본다. 사위가 밝아오는 경계를 따라 시야가 차츰 넓
어진다. 곧 동이 트면 더 많은 것들이 눈에 보일 테지. 손전등
에서 흘러든 희미한 빛이 암순응을 방해한다. 빛과 어둠이 혼
란스레 뒤섞인 공간, 시작도 끝도 아닌 시간의 경계.

　해주는 저릿한 한쪽 발을 살짝 들어올린다. 오른쪽으로 방
향을 틀어 걷다 보면 익숙한 길이 나온다. 근방에서 그나마 가

장 잘 닦인 길이다. 잠시 멈추고 깊이 숨을 들이쉬었다가 고개를 돌려 발을 앞으로 내민다. 허리 높이의 풀 사이를 파고들어 낯선 감각에 기꺼이 몸을 내맡긴다.

다리에 조금 더 힘을 주어 속도를 내본다. 바사삭, 하는 소리에 놀라 몸을 낮추며 주변을 살핀다. 솟아오른 땀이 이미 상의를 뒤덮어 축축하다. 해주의 몸에 붙들린 작은 심장이 빠르게 뛴다. 그 소리를 듣다가 천천히 무릎을 펴고 해주는 다시 한 걸음을 뗀다. 앞으로 나아간다. 숲을 헤치며, 해가 돋는 쪽으로.

❀

욕망은 행위를 위한 나침반 같아서, 인간은 대체로 이유 없이 그것에 휘둘린다. 욕망이 존재한다는 사실보다 중요한 건 인간이 자신의 욕망을 제대로 인지하지 못한다는 점이고, 그보다 참담한 건 그걸 인지한다고 해봐야 달라질 게 없다는 것이다.

해주 역시 자유로울 리 없었다.

짐을 가득 채운 28인치 트렁크를 끌고 정비되지 않은 비탈길을 오르며 해주는 욕망에 관해 생각하고 있었다. 바람이 숲에 빽빽이 들어찬 나무를 스칠 때마다 언덕 위에 곧게 솟은 호텔 건물이 나뭇가지에 가려 보였다 보이지 않았다 했다. 정해

진 일정을 잘 마쳐가다가 불쑥 행로를 바꿔 이 도시까지 오게
된 모든 과정은 해주 자신조차 예상치 못했었다. 내가 이 정도
로 무모한 사람이었나. 물론 용준이 이런 해주의 모습을 보고
있다면 분명 이렇게 말했을 거다.

그럼. 형은 무모하고, 웃기고, 가끔 어이도 없지.

해주의 손바닥에 끈적한 땀이 차기 시작한다. 트렁크 바퀴
구르는 소리가 신경질적으로 들린다. 그래도 다행인가. 몇 년
을 흘려보냈어도 경찰로 일했을 때의 감각을 아직 완전히 잊
어버리지 않았다는 사실이.

몇 주 전, 한스 뵐러 박사는 해주와의 마지막 면담에서 '베
르크'라는 작은 마을에 관한 이야기를 꺼냈다. 그곳에 집단을
이루어 사는 한국인들이 얽힌 사건을 듣자 해주는 뒷골이 당
겨왔다. 애초에 해주가 독일에 왔던 이유는 단순했다. 동서독
통합에 관한 논문 자료는 독일에서 얻기 더 쉬우니까. 논문에
끼워넣을 만한 좀 더 생생한 사례를 인터뷰하려고. 마지막 일
정이었던 뵐러 박사와의 면담이 아니었다면 해주는 지금쯤
한국으로 가는 비행기에 올라 있었을 것이다.

논문을 위해 정리할 자료가 많았지만 당분간 그것을 제쳐
두어도 좋겠다고 해주는 마음을 틀었다. 이렇게라면 졸업도
계속 미뤄지겠지만 어차피 서른셋에 대학원에 들어간 것 자

체가 늦은 일이었다. 마음속 깊이 숨겨두었던 동물적 감각은 한 번 깨어난 뒤 좀처럼 사그라지지 않았다. 도리어 다행일지도 몰랐다. '시도하는 건 연구하는 일을 앞선다'라는 독일 속담이 어렴풋 뇌리를 스쳤다. 경험 삼아 사례도 공부해보고, 어쩌면 근사한 논문거리를 찾을 수 있을지도 모른다. 수사나 탐문이 아니라 공부하러 간다는 말이 여전히 입에 안 붙기는 해도, 사건처럼 공붓거리 역시 도처에 있다는 걸 이제는 안다. 뭐 어차피 인생이라는 게 다 배우는 과정이니까.

다 좋다, 다 좋아. 아무리 그렇다고 해도 말이지, 잔뜩 구름 낀 하늘과 세차게 부는 바람과 자갈 언덕을 오르는 일은 도무지 몸이 용납하지 않는다. 체력이 따라주어야 할 것 아닌가. 제길. 저 낡은 호텔은 어째서 저렇게 높은 곳에 있지. 저곳까지 오르는 데 어째서 버스가 아닌 케이블카가 유일한 이동 수단이며 어째서 그 케이블카마저 저녁 여섯 시에 운행을 멈추느냔 말이다.

녹았다 얼었다를 반복하는 경사진 산길은 발을 무겁게 한다. 흙모래가 녹다 만 눈덩이에 뒤섞여 트렁크 바퀴에 감긴다. 트렁크를 끌던 오른손이 맥없이 풀리며 바퀴가 뒤로 밀려난다. 윗니와 아랫니가 부딪치며 심하게 떨리기 시작한다. 걸음마다 헉, 헉, 소리가 난다. 하얗고 거친 입바람이 입술 사이로 길게 새어나와 어둠으로 퍼진다.

✢

몇 주 전 일어난 빈덴 사건에서 사망한 사람은 28세의 한국인 윤송이였다. 윤송이의 거주지는 인구 2천 명의 작은 마을 베르크였고, 그는 집에서 15킬로미터 떨어진 조금 더 큰 도시 빈덴에서 학교를 다니던 늦깎이 대학생이었다. 그는 불고기와 떡갈비를 파는 한식당에서 저녁 아르바이트를 하며 생활비를 충당하고 있었고, 사건 당일 역시 수업이 끝난 뒤 식당으로 향하던 중이었다. 그런데 식당으로 가는 길에 있는 불쑥 튀어나온 한 폐쇄 건물 위층에서, 그는 소리 없이 떨어져 죽었다.

물론 사람이 사고를 당하는 건 어디서나 일어날 수 있는 일이다. 그러니까 별로 특별해 보일 것 없는 이십대 한국인 여성이 죽은 사건 때문에 해주가 갑자기 베르크에 왔느냐 하면 그건 맞기도 하고 아니기도 하다. 경찰로 근무하는 동안 해주도 많이 봤다. 스스로 죽고, 남을 죽이기도 하고, 죽이고 싶기도 하고, 서로 해를 입히기도 하는 그런 일은. 현지 경찰이 정리한 것처럼, 이 사건은 평범한 여자가 스스로 건물에 올라가 자기 신변을 비관하며 떨어져 죽은 사건일 수도 있었다.

그런데 아무래도 이상했다. 죽은 윤송이는 평소와 다름 없이 학교에서 식당으로 가는 길이었고, 지금은 비어버린 그 낡은 건물의 입구는 오래전에 폐쇄되었다고 했으며, 윤송이가 굳이 그 건물에서 추락하겠다고 마음먹고 올라갈 정도로 비관적인 생을 살았던 것처럼 보이지도 않았다. 뷜러 박사의 생각도 같았다. 그러니 뷜러가 굳이 윤송이와 동족이며 전직 경찰이었다고 자신을 소개한 해주에게 이 이상한 사건의 내막을 알려주었을 것이다.

뷜러 박사는 빈덴 사건을 우연히 알게 되었다고 했다. 몇 달 전 그는 한국 이주민이 많은 지역에서 사망 사건이 났다는 짧은 토막 뉴스를 읽었는데, 해주와의 마지막 면담이 잡혔을 즈음 지역 뉴스를 보다가 그 사건을 다시 생각해보기 시작했다는 거였다. 그렇게 말하는 뷜러의 손목을 따라 하늘색 줄무늬 셔츠가 자꾸만 흘러내렸다. 셔츠 안으로 검은색 털이 눈에 띄었다. 뷜러가 이주민의 생활 태도에 관심이 많은 건, 그 역시 이방인의 정체성을 지녔기 때문이라고 해주는 추측했다. 독일 땅에서 태어나 성장했다는 뷜러는 게르만보다 히스패닉에 가까운 얼굴이었다. 그을린 피부, 검은 단발머리, 핏줄이 사납게 튀어나온 가느다란 손목. 여러 인종이 뒤섞여 만들어진 사회가 통합을 이룰 수 있는지에 관해 오래 생각할 수밖에 없었다는 이야기도 여러 번 들었다.

뷜러는 통일 이후 동독인과 서독인의 통합에 관한 논문 면담을 마친 뒤, 짐 정리를 하는 해주를 물끄러미 바라보더니 이 사건에 관해 어떻게 생각하는지 궁금하다고 말하며 동영상 하나를 모니터에 띄웠다.

그 영상은 독일의 한 지역방송에 난 1분 20초짜리 뉴스였다. 텅 빈 폐쇄 건물 바깥에 둘린 폴리스 라인 한쪽에 꽃 무더기가 놓여 있는 장면으로 시작했다. 동양인으로 보이는 사람들이 희생자를 추모하기 위해 찾아오는 모습도 카메라에 뒤따라 잡혔다. 소식을 전하던 기자는 폐쇄된 공동주택이라 추락 위험이 있어 입구가 오래도록 닫혀 있었다고 전했다. 이곳에 연고가 없던 한국인이 타지 생활에 적응하지 못하고 신변을 비관해 스스로 죽음을 선택한 것으로 해석된다는 경찰의 말도 따라붙었다. 언뜻 보면 이상한 점이 없었다.

말없이 화면을 응시하던 해주는 그 뉴스를 한 번 더 돌려볼 수 있느냐고 물었다. 뷜러가 고개를 끄덕이며 말했다.

"이주민에 관련된 범죄 사건이야 유럽에서 이미 오래전부터 빈번하게 일어나고 있어요. 당연히 한국인들처럼 큰 사건에 좀처럼 노출되지 않는 작은 집단에 독일과 유럽의 언론이 관심을 둘 리는 없죠. 윤송이의 죽음처럼 단순 자살로 분류되는 것이라면 더욱이. 그런데 이 장면을 저는 여러 번 돌려봤어요. 어딘가 이상하지 않아요?"

해주는 동영상으로 시선을 옮겼다. 뷜러가 다시 뉴스를 재생시켰다. 영상의 삼분의 일 지점쯤, 꼼꼼히 살피지 않았다면 아무런 생각 없이 스쳐갔을 그 장면에서 뷜러는 일시정지 버튼을 눌렀다. 이름 모를 꽃들이 벽을 따라 가지런히 놓여 있었고, 동양인 몇 명이 찾아와 줄을 이루듯 그곳에 꽃을 두는 모습이 눈에 띄었다. 뷜러는 해주가 그 장면을 더 잘 볼 수 있도록 화면을 키웠다. 초점이 흐트러졌지만 희미한 화면에서도 형체는 비교적 뚜렷했다. 서로의 손을 붙잡고 기도하는 사람들, 서로가 서로의 어깨를 부여잡고 우는 모습. 이곳에 아무런 연고가 없는 스물여덟 살 탈북자의 죽음이 만들어낸 이해되지 않는 풍경이, 뷜러의 말처럼 해주가 마음 깊이 숨겨둔 감각의 껍질을 기어코 벗겨내고 있었다. 마치 가족이라도 잃은 듯, 그의 부재가 감당할 수 없는 고통이라는 듯, 그곳에 있는 모두가 기이한 슬픔을 조각내어 함께 나눠가진 모습이었다.

"사망자는 이곳에 연고가 없다고 했잖아요?"

해주가 갈라진 목소리로 묻자, 뷜러가 본인도 같은 생각이라는 듯 짧고 강하게 고개를 끄덕였다.

"제가 묻고 싶은 게 그겁니다. 이곳에 연고도 없는 사람의 죽음을 어째서 저렇게까지 슬퍼할까."

뷜러는 그렇게 말하더니 신문 기사 한 토막을 가져왔다. 그
기사엔 북한을 도망쳐 유럽을 떠도는 탈북자들에 관한 내용
이 들어 있었다. 해주는 눈을 치켜떴다. 신체의 모든 세포가
날카롭게 곤두서는 느낌이었다. 무슨 사연이냐고 묻는 대신
해주는 턱짓으로 그 기사를 가리켰다. 그러자 뷜러가 해주의
눈을 똑바로 바라보며 한 번 찡긋하더니, 다시 그 토막 기사를
가리키며 답했다.

"윤송이는 남한이 아니라, 북한 출신이에요."

해주는 방금 들은 말을 이해하기 위해 잠시 뷜러를 바라보
았다. 잠시 후, 파쇄대를 긁으며 밀려드는 파도처럼 감정이 안
으로 쏟아져들어왔다. 그렇지, 이런 기분, 처음이 아니지. 차
디찬 강물을 한 바구니 떠서 예고 없이 머리에 끼얹는 낯선 감
각. 얼음 같은 그 추위가 살에 들러붙어 천천히 피부로 스며드
는 느낌. 산소와 수소가 혈관을 천천히 파고들어 몸 안의 일정
구역이 얼어버린 것처럼 딱딱하게 굳은 느낌, 그 상태. 그렇게
멀뚱하니 서 있는 해주를 걱정스럽게 바라보며 뷜러는 다시
천천히 말을 이었다. 조심스럽게 말해야 한다고 한 적도 없는
데 뷜러는 거의 속삭이고 있었다.

"내밀한 사정이 궁금해서, 그 지역에 연고가 있는 런던과 베

를린 친구들을 통해 알아봤어요. 윤송이의 아버지가 북한 대사였다더군요. 꽤 알려진 외교통이었다지. 아무튼 그곳 사정을 가장 잘 알고 있는 친구에게 연락을 해두었으니 곧 소식이 올 겁니다."

이야기를 들을수록 머릿속에 욱여넣은 단어들이 헝클어지는 듯했다. 듣는 내내 해주의 머릿속으로 잊고 있던 기억이 지나갔다. 해주의 머릿속에 첫 번째로 떠오른 것은 환하게 웃는 용준의 표정이었다. 형님, 하고 해주를 부르며 실실거리던 해사한 웃음. 그러고도 많은 기억이 해주를 마주하듯 하나하나 선명하게 튀어올랐다. 잔디 위에서 먹던 치킨을 내려놓고 울던 용준, 전화를 걸어보았지만 도와줄 게 없다고 말하던 기자들, 통일부 앞 시위를 지켜보던 무분별한 시선들, 할 줄 아는 거라곤 등을 돌린 채 겨우 눈물 한 줄기를 흘려보내는 것뿐이던 용준의 뒷모습……. 머리가 지끈거리며 신경이 부딪혀 불꽃 터지듯 폭발할 것 같았다. 응어리로 맺혀 있던 감정들이 한꺼번에 용오름 치더니 선명한 형체를 띄고 해주의 몸 깊은 곳에서부터 바깥으로 한꺼번에 터져나왔다.

당연한 말이지만 윤송이와 김용준은 전혀 다른 사람이고, 둘의 상황에도 차이가 있다. 용준은 오랫동안 외로워했고 해주만이 유일한 안식처였다. 아니, 해주는 과연 용준에게 평온을 주는 안식처였나.

죽은 윤송이는 어째서 저러한가. 왜 저들은 윤송이를 잃었다는 사실에 저렇게까지 고통스레 몸부림치는가. 윤송이가 친하게 지내던 지인과 친구들이 저렇게나 많았던 걸까. 어떤 경계심이나 두려움도 없는 저들의 눈빛은, 불안이나 혼란 따위에 마음을 내어주지 않겠다는 듯 확신에 찬 몸짓은, 그 경위와 동기는 무엇일까. 사건에 관해 이야기하던 뷜러 박사 또한 독일 경찰의 수사 결과에 빈 구석이 많은 것 같다는 해주의 의견에 동의했다. 윤송이 사망 사건이 자살로 종결되는 게 아무래도 수상쩍다고. 사건을 파헤쳐볼 만하다는 마음은 해주 쪽이 조금 더 확고했다. 아무래도 그냥 지나칠 수는 없다는 그런 마음은. 해주는 뷜러를 바라보다가 저도 모르게 말했다.

"알아봐야겠습니다."

해주의 목소리가 단단해져 있었다. 뷜러가 상기된 톤으로 말을 받아냈다.

"탁월한 선택입니다."

탁월하다니. 논문 주제를 설명할 때는 한껏 시큰둥했던 사람이. 그런데 해주마저도 그렇다. 이 일은 자신의 운명 같은 것일지도 모르겠다는 생각이, 어쩌면 해주가 풀어야 하는 숙제일지도 모르겠다는 생각이 든다. 더군다나 탁월한 선택이라는 뷜러 박사의 말이 해주의 호기심을 부추긴다.

앞서 뷜러가 언급한 것처럼, 최근 몇 년 동안 이주민 문제는 끈질기게 유럽 사회를 파고들었고 독일도 예외가 아니었다. 이주민 집단에서 일어나는 일들은 그들과 원주민 사이에 크고 작은 사회 갈등 문제를 일으켰다. 프랑스 낭테르의 알제리계 십대 소년 사망 사건으로 촉발된 집회는 반정부 시위로까지 번졌다. 이주민 집단의 사람들은 추모의 방식으로 분노를 선택했다. 물론 그럴 수 있지. 이익을 도모하기 위해 집단을 만들고 함께 행동하는 것쯤은 일반적인 일이니까.

그런데 아무리 봐도 윤송이 사망 사건은 그것과 결이 달랐다. 같은 경계 안에 있어 자신을 대변할 만한 누군가가 사고를 당하면, 틀 밖에 있는 사람들은 조용히 침묵하며 추모한다. 설령 제 일처럼 생각하더라도 부당한 일에 분노하고 경위를 밝히려고 노력하지 마치 가족이 일을 당한 것처럼 서로 끌어안고 슬퍼하지는 않는 법이었다. 정지된 화면을 물끄러미 바라보다가 해주가 물었다.

"베르크는 어떤 마을인가요?"

뷜러는 한쪽 엄지와 검지를 양턱에 괸 채 생각하듯 말했다.

"한국인이 많은 마을이죠."

"한국인들은 다른 도시에도 많지 않습니까?"

침묵이 잠시 흐르는 동안 뷜러가 생각 많은 얼굴이 되어 손가락으로 제 턱을 톡톡 치더니 말을 이었다.

"다른 마을과 베르크의 차이라면 젊은 사람들이 드물다는 것쯤이겠네요. 연락해둔 한국인 친구에게 예전에 들었던 말인데, 노동력이 확보된 젊은 청년들은 베를린이나 뮌헨 같은 대도시로 많이 떠났고, 베르크에 남은 사람들은 대부분이 노인이라는 거였어요. 모르긴 몰라도 베르크 사람들은 적어도 30년 이상 정착해 살고 있는 겁니다. 수십 년 전에 광부나 간호사로 왔던 사람들이요."

해주는 다시 화면으로 시선을 옮겼다. 말을 듣고 보니 영상 속 사람들 대부분 나이가 제법 있어 보였다.

"독일에 살고 있는 한국인들이 모인 마을이고 인구가 겨우 2천 명뿐인 곳이라, 그 안에서 일어나는 일들은 밖으로 잘 드러나지 않아요. 그들은 대부분 오랫동안 큰 도시에서 일하다가 은퇴해 노후를 보내고 있죠. 독일 사람과 결혼해 사는 이들은 도시에 정착한 경우가 많아서, 아무래도 베르크에 있는 사람들은 인생의 마지막을 한국인들과 조용한 산골 마을에서 보낼 생각이라고 들었어요."

그 말을 듣고는 해주가 미간을 거칠게 좁히며 물었다.

"그렇다면 스물여덟밖에 안 된 윤송이가 베르크에 와서 살았다는 것도, 사람들이 윤송이의 죽음을 저렇게나 슬퍼하는 것도 다 이상한 일 아닙니까?"

뷜러는 논리적으로 생각하면 그 말이 타당하다는 의미로 고개를 한 번 끄덕이더니, 목을 축이듯 물을 한 잔 마시며 생각을 가다듬고선 다시 고개를 들어 해주를 바라봤다.

"그렇게 생각하면 그렇겠죠. 그렇지만……"

그거야말로 개인 사정이지 않겠느냐는 뜻으로 뷜러가 고개를 까닥였다.

"알 수 없는 일입니다. 저는 연구자일 뿐 수사관은 아닙니다."

그렇다면 지금까지 궁금해한 건 다 무슨 마음에서였느냐는 표정으로 해주가 뷜러를 쳐다보자 그가 멋쩍은 듯 큼큼 이상한 소리를 냈다.

"연구자와 수사관의 차이점이 뭡니까?"

정말 궁금해진 눈빛으로 해주가 물었다.

"둘 다 일어난 일을 분석하지만, 연구자는 개인의 사례를 해부해 사회를 진단하고, 수사관은 개인의 삶을 추적해 사회를 보전시키는 거 아니겠습니까."

해주가 고개를 갸우뚱하며 말을 덧댔다.

"어찌 되었든 둘 다 사람을 보는 거군요."

뷜러는 그럴 수 있겠다며 호탕하게 웃었다. 뷜러와 이야기를 나눈 끝에 해주는 연구실을 나와 당장 베르크로 가는 기차표를 알아봤다. 그곳은 베를린에서 두 시간가량 떨어져 있었는데, 하루에 기차가 겨우 여덟 번 다니는 작은 마을이었다. 땅콩처럼 생긴 모양 때문인가, 주변으로 오로지 산뿐인 지형 탓인가, 어쩐지 비밀스럽게 숨겨진 마을 같았다.

2장

씨발, 이게 뭐 하는 짓이냐.

잘디잔 자갈로 뒤덮인 경사진 도로 위. 배낭을 메고 트렁크를 끌며 목적지가 보이지 않는 길을 걸어오르던 해주는 목까지 치민 한마디를 씹던 껌처럼 토해냈다. 그 순간 안개로 뒤덮인 고성 같은 호텔이 해주의 눈앞에 갑자기 튀어나왔다. 호텔은 베르크의 변두리, 고속도로 진입로가 보이는 언덕 꼭대기에 사람들의 발길이 닿지 않는 낡은 성처럼 꼿꼿이 서 있었다. 경량 패딩을 입은 해주의 몸이 어느새 땀에 흥건하게 젖어 있었고 험한 말은 절로 나왔다. 아우.

베르크에 있는 유일한 호텔이었다. 리뷰도 없고 이용자 별점 평가도 없었다. 유스호스텔이 유행하던 시절에 호스텔 부지로 쓰였던 곳이라고 했다. 그 탓인지 호텔 예약은 아고다나 익스피디아, 부킹닷컴, 호스텔닷컴 그 어떤 곳에서도 시도할 수 없었다. 해주는 결국 독일어뿐인 호텔 공식 홈페이지 주소로 직접 들어가 엉망인 예약시스템을 통해 작은 크기의 방을 겨우 구했다. 관광객이 있을 리 없는 마을이라지만 어떻게 이럴 수가 있나 싶다. 헉, 소리가 다시 난다. 마음을 이렇게 먹어서는 될 일도 안 될 것이다. 이런 작은 마을에 머물 만한 호텔이 있다는 사실 자체로 얼마나 다행인가.

해주는 이미 새빨갛게 물집이 올라오기 시작한 오른손 네번째 손가락에 힘을 주어 트렁크를 계속 끌었다. 한눈에도 낡아 보였고 주변에 편의시설이라곤 하나도 찾을 수 없었다. 자갈길을 올라가다가 고개를 돌려 지나쳐온 길을 내려다봤다. 시선 끝에 회색 구름이 사방으로 찢어지는 모습이 들어왔다. 잔 빗방울들이 해주의 몸을 치고 지나갔다. 아주 끝내주는 환영식이네, 생각하며 해주는 호텔 입구에 들어섰다.

프런트에 앉아 있던 여자는 얼굴이 길고 작았는데, 해주가 안으로 들어와 앞에 서는 것을 보고 몸을 천천히 일으켜 세웠다. 해주보다 키가 크고 어깨가 넓어 해주가 올려다봐야 했다. 여자의 목소리 톤은 단조롭고 무심한데다가 말끝을 올리는 습관이 다소 공격적으로 들렸다.

"조식은 6시 반부터 8시 반까지 2층 카페테리아에서 제공되지만, 요즘은 손님이 없어서 7시부터 8시까지만 제공해드릴 수 있어요. 엘리베이터는 돌아서면 복도 뒤편에 있어요."

여자는 말을 마치자마자 다시 의자에 앉았다. 더 이상 할 말이 없으니 당신에게 내어줄 서비스도 여기까지라는 뜻 같았다. 손님이 없다는 말을 이렇게 무람없이 하는 숙박업체는 난생처음이었고, 그 말은 호텔 로비를 서비스 공간보단 업무를 주고받는 장소로 만들어버리는 데 손색이 없었으므로, 해주는 어쩐지 이상한 미로의 입구에 들어선 느낌이었다. 다만 여자는 자신의 업무 대상자가 길을 잃어 헤매다 다시 돌아오는 일이 없도록, 해주가 가는 곳을 계속 주시하고 있었다. 해주는 여자가 말했던 것처럼 복도를 지나 뒤편에 세워진 벽 쪽으로 돌아서면서 프런트를 한번 바라봤고, 여자는 그 길이 맞다는 뜻으로 고개를 까닥였다.

쿵쾅거리며 로비 층으로 내려와 꿈지럭대던 엘리베이터 문이 마침내 열리자 쇠창살 같은 중문이 튀어나왔다. 엘리베이터에 올라타니 한 사람만으로도 비좁아서 28인치 트렁크 위에 배낭을 올리고 서자 남는 공간이 거의 없었다.

5층 버튼을 누르고 기다리니 몸이 흔들릴 만큼 크게 덜컹거렸고, 조금 지나 찍찍대는 기분 나쁜 쇳소리를 내며 움직이기 시작했다. 엘리베이터가 올라가는 동안 해주의 시선은 우연히 본 어떤 숫자에 멈췄다. 1961. 쇠로 만들어진 버튼 틀 상단에 엘리베이터가 만들어진 연도가 적혀 있었다. 해주는 60년이 넘은 엘리베이터가 여전히 작동한다는 것에 놀랐고, 그렇게 낡은 시설을 아직도 폐쇄하지 않고 그대로 사용하고 있는 호텔의 대담함에 놀랐으며, 그런 태도는 '어쨌든 일이 제대로 된 방향으로 굴러가고 있으면 된다'는 프런트 호텔리어의 자세와 다를 것 없다는 생각을 하게 되었다. 생각은 1961년에 가서야 멈췄다.

1961년. 대공황과 나치 정권과 두 번의 끔찍한 세계 전쟁을 겪은 뒤 분단된 독일이 갈기갈기 찢기고 발리던 해였다. 동독은 체제를 이탈하려는 사람들을 가두기 위해 장벽을 쌓기 시작했고, 베를린은 미국과 영국, 프랑스와 소련에 나눠 먹혔다. 그런 정신없는 시절에도 이런 기술을 뽐냈다니. 용준의 말이 해주의 머릿속을 치고 지나갔다.

독일에서는 1900년대 초반에 이미 번개로 전기를 모았지요. 그때 조선은 나라나 빼앗기고 있었고.

5층까지 올라가는 시간은 영겁처럼 느껴졌다. 그때부터였던가. 이 나라에 와보고 싶다고 생각했던 게. 해주는 숫자에서 시선을 거뒀다. 장벽은 서독으로 넘어가는 사람들을 차단하기 위한 마지막 방책이었다. 장벽을 통과하려는 사람들이 총에 맞아 죽기도 했다는 이야기를, 해주는 베를린 남부에 있는 한 전시회의 그림 설명으로 읽었다. 전시를 보던 해주는 이 나라가 왜 이토록 역사를 집요하게 관찰하고 복기하는지 궁금했었다.

5층에 내린 해주는 복도에 난 창으로 바깥을 내다보았다. 멀리 거대한 박스처럼 생긴 건물들이 질서정연하게 놓여 있는 광경에 시선을 뺏겼다. 베르크에서 멀지 않은 곳에, 동독과 서독 사이의 관문이었던 체크포인트가 있다는 얘기를 들은 적이 있었다.

❋

잠자리가 낯선 탓인지, 해주는 여러 번 깼다. 처음 깼을 땐 화장실에 다녀왔고, 두 번째 깼을 때 화들짝 놀라 일어났다가 다시 잠이 들었다. 세 번째인가 네 번째 깼을 때는 새벽 5시쯤 었는데, 해주는 그제야 잠에서 깰 때마다 용준의 꿈을 꾸었다는 걸 깨달았다.

김용준은 해주를 잘 따르던 동생이었다. 그는 평범한 직장에 들어가고 가정을 꾸리고 아이를 한 명 정도 낳아 평생 한국에 터를 잡고 잘 살기를 원하는 이십대 청년이었다. 그래, 다시 돌이켜 생각해봐도 용준의 꿈은 그것뿐이었다.

해주가 용준을 처음 본 것은 퇴근길에서였다. 집에 가서 혼자 술이나 한잔할 생각으로 편의점에서 소주와 마른 오징어를 사 들고 가는 길에, 해주는 한쪽에 서서 웅성대는 사람들을 보았다. 검은 비닐봉지를 들고 사람들이 모여 있는 쪽으로 다가가자 어떤 사람이 허리를 곧게 편 채 쓰러져 있는 여자의 흉부를 격렬하고 규칙적으로 압박했다 푸는 광경이 눈에 띄었다. 주변 사람들이 어쩔 줄 몰라 하며 웅성거리는 순간에도 차분하게 여자의 상태를 살피고 숨을 규칙적으로 불어넣는가 싶더니, 당황하지 않는 기색으로 뺨을 때리거나 동공을 확인했다. 이윽고 쓰러졌던 사람이 정신을 차리자 주변에 있는 사람들에게 구급차를 불러달라고 요청했다. 그 모든 장면을 해주는 신기한 눈으로 바라보고 있었다. 이미 여러 번 그 일을 겪어 전문 지식이 체화된 사람이 아니고서야 묻어나기 힘든 여유였다. 그냥 지나칠 수 없었다.

구급차가 도착했을 때, 용준은 자신의 신분을 밝히지도 않고 구급대원에게 환자의 상태만 전달해주었다. 구급대원이 동승할 수 있는 면허증이 있는지 묻자 용준이 고개를 격렬히 흔들었다. 그렇게 구급차를 보낸 뒤 용준은 걸음을 재촉했다. 해주는 용준을 따라갔다. 저기요, 하고 불렀을 뿐인데 그 목소리가 동심원처럼 퍼져나가자 뒤돌아본 용준의 표정이 천천히 굳어갔다. 얼굴에 가득 찬 두려움을 좀 없애주려고, 해주는 퇴근길이라 사복을 입긴 했지만 자신은 이상한 사람이 아니고 공인된 경찰이며, 용준에게 감사의 의미로 도움이 될 만한 일이 없는지 묻고 싶다고 설명했다. 그런데 경찰이라는 소리를 듣자마자 용준이 도리어 빠른 걸음으로 걷기 시작했다.

"어이!"

해주가 큰 소리로 부르는데도 용준은 모르는 척 발걸음을 앞세우고 있었다. 의식을 잃고 쓰러진 사람을 살려내고도 저렇게 아무렇지 않은 표정으로 갈 수 있는 사람이라면 분명히 이런 일을 많이 겪어보았을 텐데. 마치 죄지은 사람처럼 서두르는 모습이, 경찰인 해주에게는 무언가 이상하다는 직감을 받게 했다.

"거기, 파란 모자!"

그 말을 들은 용준은 더욱 걸음을 재촉했다. 아무래도 수상한 기운에 해주는 거의 뛸 듯이 그를 쫓았다. 불법체류자거나, 범죄자거나, 이것도 저것도 아니면 이상한 새끼거나. 해주는 뛰면서 생각했다.

"야, 거기 서!"

그때부터는 말이 곱게 나가지 않았다. 얼마나 달렸을까. 지친 해주만큼 용준의 걸음도 부쩍 느려졌다. 용준이 육교로 향했을 때, 해주는 용준이 정말 멍청한 놈이라고 생각했다. 방전된 체력으로 계단을 오르려 하다니.

"저기요 선생님, 대체 왜 뛰는 건가요."

그사이 육교 위까지 오른 용준이 고개만 돌려 소리쳤다.

"경찰 선생님, 좀 가시라고요!"

"아니 그러니까, 왜 뛰는 거냐고요!"

땀을 닦는 용준을 보면서 어이가 없었던 해주가 웃기 시작하자, 용준도 난간에 기대어 서서 따라 웃었다. 그렇게 두 사람은 육교 위아래에 서서 미친놈들처럼 한참 동안 낄낄댔다.

알았으니까 이제 제발 내려오라는 해주에게, 용준은 그러면 경찰서에 데리고 가지 말아달라고 부탁했다. 해주가 크게 소리쳤다. 당신 뭐 죄지은 것 있냐고.

"죄지은 것 없어도 데려가는 것이 경찰 아닙니까."

용준의 말에 해주의 표정이 구겨졌다. 저걸 바보 같다고 해야 하나, 순진하다고 해야 하나, 물정 모르는 소리라고 해야 하나.

"뭔 개소리야. 죄가 없으면 안 데려가지."

용준이 거칠게 숨을 몰아쉬다 결국 못 버티고 바닥에 그대로 드러누워버리자, 숨을 컥컥대던 해주도 육교를 올라가다 말고 용준을 힐끗 본 뒤 계단에 주저앉아버렸다. 용준은 해주를 향해 소리 질렀다.

"오늘 한 끼밖에 못 먹었어요."

그 말을 들은 해주는 후들거리는 다리를 겨우 다시 세웠다. 더 이상 일어날 힘조차 나지 않았던 용준은 다가오는 해주에게 원망스러운 눈빛을 보냈다. 해주는 용준에게 손을 뻗더니, 밥이나 먹으러 가자며 일으켜 세웠다. 해주가 용준을 데려간 곳은 근처 삼겹살 전문 식당이었다. 용준은 30분 정도 아무런 말없이 잘 구워진 고기를 우걱우걱 입에 넣어 씹어댔다.

해주는 그날 탈북자에 관해 많은 것을 들었다. 탈북자들이 한국, 특히 중국 쪽 항구와 가까운 인천에 많이 거주한다는 사실을 알고는 있었지만, 인천 남동으로 발령을 받은 후에도 한동안 이들을 겪어본 적이 없었으므로, 해주로서는 탈북자와 대화를 나누는 게 생전 처음이었다. 잠깐이었지만 해주는 용준과 제법 잘 통했고, 어느 순간부터 용준에게 말까지 놓고 있었다. 해주는 용준이 해박한 의학 지식을 갖고 있다는 데 한 번 놀랐고, 러시아어와 영어를 능숙하게 구사한다는 데 두 번 놀랐다. 그러곤 전기 관련 자격증을 준비하며 아파트 건설 현장에서 노가다를 해 먹고 사는 용준이 평양에 있는 의과대학 출신이라는 말을 듣고선 먹고 있던 소주를 입가로 흘려버렸다.

"그럼 너는 김일성대학 의대 이런 거를 나온 거야?"

용준은 해주를 처음으로 형님이라고 부르면서 한숨을 푹 쉬었다.

"김일성대학에 의대는 없어요. 평양의학대학이요."

"평양의과대학을 나왔어? 한국으로 치면 서울대 의대 나온 거야? 너 알고 보면 평양 제일의 수재 그런 거냐?"

용준은 답답하다는 듯 말했다.

"의과대학이 아니라, 의학대학이라니까요."

용준은 '학'자에 다시 한번 힘을 주었다.

"아, 이 융통성 없는 새끼. 그러니까 평양의대잖아. 너 그런 엘리트가 왜 이러고 있어?"

"그래 봐야…… 여기서 나는 그저 탈북자일 뿐이에요."

그렇게 말하고 용준은 소주 서너 잔을 연달아 마셨다. 용준의 복잡한 표정을 해주는 인상 깊게 보고 있었다. 조금 더 친해지고 싶은 마음에 용준에게 가족 이야기를 물었다. 용준은 아무 말 없이 소주만 들이켰다. 속 버리는 줄 모르고 알코올을 들이붓는 용준을 보며 해주는 계란말이와 밑반찬 몇 개를 더 달라고 부탁했다. 유리창 밖 하늘에 붉고 큰 달이 떠 있었다.

그 밤의 용준을, 해주는 아직 똑똑히 기억하고 있었다. 숫기 없이 붉어지던 얼굴과 경계심과 친근감이 뒤섞인, 약간 더듬거리는 말투까지도.

기브 앤 테이크 문화를 잘 이해하는 해주는 대가 없이 주는 애정이라는 건 있을 수 없다고 생각한다. 빚지지 않는 이상 남에게 굳이 먼저 도움을 줄 이유는 없는 법이었다. 아무리 용준의 이야기를 함께 눈물을 쏟으며 들었더라도, 용준이 해주의 인생 어딘가에 끼어 질척대는 인연으로 남게 될 거라곤 미처 생각하지 못했다. 도대체 인연이라는 게 뭔가. 운명처럼 휩쓸려들어가는 강력한 소용돌이. 그런 건 소설이나 영화에나 있지, 실제로 있을 리가 없지 않은가.

그렇게 해주는 용준을 처음 만났다. 신분 자체가 두려움의 이유일 수 있다는 사실을, 해주는 그날 처음 알았다. 용준은 서울 사람보다 표준 한국어를 잘 쓰는 탈북자도 많다고 말했다. 그들에게는 생존의 문제라고 했다. 탈북자라는 출신을 알게 되는 순간 쏟아지는 호기심과, 경계와 동정을 호의로 포장한 눈빛을 견디기 어렵다는 거였다.

그날 해주는 용준과 헤어지면서, 편의점에 들러 햇반과 반찬, 술과 과일을 거의 쓸어담듯 사서 들려 보냈다. 용준은 봉투를 받으면서 머리를 자꾸만 긁적였다. 해주가 미안해하지 않아도 된다고 말하자 용준은 편의점을 나오고 나서야 제 속에 있던 말을 꺼냈다.

"편의점 음식은 인스턴트라, 건강에 좋지는 않은데."

그렇게 말하는 용준을 해주는 미워할 수 없었던 것 같다. 그날 둘이 삼겹살에 소주를 먹지 않았더라면, 아니 용준이 해주를 보고 냅다 도망가지 않았더라면, 그것도 아니, 해주가 그시간에 퇴근하지 않았더라면. 해주와 용준은 평생 마주칠 일이 있었을지 모르겠다.

❉

아침도 거르고 무작정 호텔을 빠져나온 해주는 숲속을 한참 걸어내려왔다. 어제 입어 축축해진 패딩을 과감하게 욕조에 버리듯 던지고 나왔는데, 아무래도 잘못된 선택이었음을 온몸에 느껴지는 추위로 깨달았다. 생살을 찢는 듯한 바람이 불었다. 어제 산을 오를 때 뒤꿈치가 으스러진 듯 발목이 시렸다. 하늘은 흐리다 못해 거뭇했다. 숲까지 내려온 옅은 안개가 흩어지고 있었다. 새벽에 여러 번 꾼 용준의 꿈이 컨디션을 자꾸만 내려앉게 했다. 해주는 몸을 다시 불편하게 만들어 그 생각을 벗겨내고 싶었다.

그사이 사람들이 모여 사는 베르크의 도심이 가까워지고 있었다. 이왕 여기까지 왔으니, 해주는 팔뚝을 걷었다. 습관처럼 미리 적어두었던 윤송이의 집 주소가 볼펜으로 새겨져 있었다.

테레지엔 슈트라쎄 25*Theresienstr 25*, 베르크*Berg*.

이럴 때 해주는 다시 경찰이 되어 일하는 느낌을 받는다. 자신의 치밀함에 으쓱했고 기분이 좋아지기도 했다. 하지만 이내 다시 살짝 물러서고, 어느샌가 찾아든 우울감에 머쓱해진다. 수사관 행세를 하고 있을 뿐이라는 걸 자각하기 때문이었다. 아니 그것보다 나는 과연 좋은 수사관이었는가, 싶은 마음 때문이었다.

대체 언제까지 이렇게 살 건지 모르겠다. 용준을 제 등에 귀신처럼 붙인 채. 으쓱거리며 웃다 말고 갑자기 멈춰 서서는 얼굴이 굳어지는 모습을 누군가 보면 저 사람은 대체 뭘 하는 사람일까 싶을 거라는 생각이 문득 인다. 그러게, 해주는 대체 여기에서 뭘 하는 걸까. 비애감도 자긍심도 아닌, 불투명하게 뒤섞인 색채의 감정이 울컥 솟아올라 해주는 일부러 더 열심히 팔뚝에 적힌 주소를 찾아 움직였다.

이쪽으로 곧장 가면 베르크다. 베르크와 빈덴 사이에 어중간하게 끼어 있는 사건 현장보다 윤송이의 집으로 바로 가는 편이 당장은 더 효율적일 거라고 생각했다. 게다가 사건의 실마리는 대부분 희생자의 집이나 직장 같은, 사소하고 익숙한 장소에서 시작하기 마련이니까. 윤송이의 주소를 건네며, 뷜러 박사는 해주가 아니었으면 자신이 직접 그곳에 가봤을 거라고 웃기까지 했다. 혹시 추가로 필요한 정보가 있다면 알려달라고, 뭔가 재밌는 게 있어도 알려달라고.

신성로마제국 대황후의 이름을 딴 그 주소, 예언자나 점쟁이를 뜻한다는 그 단어. 해주는 잊지 말아야겠다고 생각하면서 한 번 더 몸에 새기듯 중얼거렸다.

"테레지엔 슈트라쎄, 25."

이 주소지는 해주가 묵고 있는 호텔 산길을 따라 내려온 뒤 왼쪽으로 돌면 있는 주택가에 위치하고 있었다. 멀리서 보면 집들을 둘러싼 지형이 꼭 말발굽에 파묻힌 꼴이었다. 주택가라고 해봐야 그 범위가 넓지 않았지만, 정갈하게 짜인 골목과 길이를 맞춰 배열된 집들은 이곳이 계획된 거주지였다는 것을 알려주었다. 해주가 찾는 테레지엔 거리는 주택가 입구를 통과해 도로 끝까지 걸어가야 나왔는데, 안쪽으로 들어가 말발굽의 회전 구역에 가까워질수록 우거진 나무들과 행인이 맞닿을 정도로 도로 폭이 좁아졌다. 게다가 말발굽 남서단에 횡자로 내려오는 다른 길과 만나고 있었기 때문에 그 주소를 찾아가는 것이 아주 쉬운 일은 아니었다. 윤송이가 살던 집까지 걸어가는 동안 스무 개 넘는 건물을 지나쳤다. 잠복근무를 준비하듯 가옥의 숫자를 세고, 샛길이 있는지, 마을 분위기는 어떤지, 지나가는 이들의 표정은 어떤지 살폈다. 이윽고 그 주소가 가리키는 건물 앞에서 해주는 잠자코 멈춰 섰다. 지나쳐 온 다른 건물들보다 고층이라 외벽이 따뜻한 베이지색임에도 다소 고압적이었다. 첫 번째 층은 층고도 높아 웬만한 성인 키 두세 배는 훌쩍 뛰어넘었다.

다락 위쪽으로 대들보가 그대로 노출된 모양이 파흐베르크 양식을 고스란히 닮았고, 주택 건물이 대개 그렇듯 다가구 빌라처럼 보였다. 층마다 유리창이 6개인 것을 보면 각 층에 적어도 두 가구 정도는 살고 있을 것 같았다. 건물 정문은 굳게 닫혀 있었다. 그 앞으로 가서 입주민 명패를 확인하려던 해주는 멈칫했다. 지금 살고 있는 사람의 이름이나 가족의 성이 있어야 할 곳에 아무것도 적혀 있지 않았기 때문이다. 아무도 살지 않는 건가. 깔끔하게 색칠된 벽과 구석구석 녹슨 데조차 없이 관리된 건물 상태도 해주의 눈에 띄지 않을 수 없었다.

빈집이라는 표식은 좋은 것이면서 불길한 것이기도 했다. 말 그대로 윤송이가 죽은 후에 이런저런 이유로 누구도 살고 있지 않은 곳일 수도 있었고, 누구도 살고 있지 않다고 말해져 야만 하는 곳일 수도 있었다. 어떤 편이 해주에게 더 유리할지 는 알 수 없는 일이었다.

해주는 맞은편 골목에서 그 집을 조망할 수 있을 만한 곳을 찾았다. 주차된 승합차 뒤쪽에 공간이 약간 비어 그나마 서 있 을 만했다. 해주는 그쪽으로 다가가다 말고 슬쩍 눈길을 돌려 보았다. 도로에 사람이 거의 없는 이른 시각이었다. 얼마 전에 사건이 있었던 사람의 집 주변을 어슬렁거리면 의심받기 쉬울 것이다. 그러고 보니 자동차를 한 대 빌렸어야 했나 하는 생각 도 들었다. 그랬다면 어제 호텔 가는 길도 훨씬 편했을 텐데.

아무튼 얼렁뚱땅. 이런 정신상태로 형은 대체 어떻게 형사를 해먹는 거지?

어디선가 용준의 말이 들려오자 해주가 소리친다.

"야 임마, 원래 직업의식은 뻔뻔함에서 시작하는 거야."

그 말을 한 뒤에 씩 웃던 해주의 표정이 이윽고 어두워진다. 문득 자기혐오 같은 감정이 불쑥 올라온다. 그것과 비슷한 정 도의 연민과 그리움도 함께 따라붙는다.

가만 보니 이 주택 건물은 뒤쪽 길에 후문이 하나 있었다. 모든 건물이 그런 건 아니었지만 이 건물처럼 양옆으로 현관이 있는 집들도 있는 것 같았다. 입주민 명패가 있는 앞쪽 도로를 끼고 오른쪽으로 돌아 북서쪽으로 조금 더 올라가면, 집의 전체적인 모습을 한번에 볼 수 있을 것 같았다.

해주는 발걸음을 가볍게 옮겨 나무들이 우거진 건물 뒤편을 향해 갔다. 길을 건너자 경사진 숲길이 나왔다. 그 위에 올라서자 해주는 이곳의 지대가 생각보다 훨씬 높다는 걸 알게 되었고, 주변 건물들이 오밀조밀하게 보이는, 베르크의 가장 높은 곳에 윤송이의 집이 있다는 것도 깨닫게 되었다. 무엇보다 뒤편에서 바라본 집이 훨씬 컸다. 어떤 재주로 윤송이가 이런 큰 집을 얻어 살 수 있었을까. 놀라운 마음이 일었다.

후문은 정문보다는 크기가 작았는데, 덕분에 조금 더 은밀해 보이는 면이 있었다. 후문 바로 앞으로 작은 시냇물이 흐르고, 그 맞은편에 잔디 정원이 펼쳐졌다. 건물에 숨겨진 작은 정원을 관리할 목적으로 낸 문인 것 같았다.

윤송이가 살았던 집은 꼭대기 층이라고 들었다. 해주는 건물이 잘 보이는 곳에 서서 눈으로 높이를 가늠하다가, 정원을 서성이는 한 남자를 발견하고 나무 뒤로 급히 몸을 숨겼다. 170센티미터 정도의 키, 약간 말랐지만 햇볕에 잘 그을린 피

43

부. 한국인이 아닌가 싶었다.

남자는 정원을 이리저리 어슬렁거렸다. 해주는 남자의 움직임을 주시하고 있었다. 그냥 서성대는 건 아니고 신발로 풀을 살짝살짝 건드려가면서 잔디 위를 걷는 중이었다. 남자를 더 자세히 살펴려고 해주는 나무 기둥에 몸을 조금 더 붙였다.

그때 꼭대기 층 창문에서 분명한 움직임이 있었다. 해주는 순간적으로 몸을 바짝 더 나무 쪽으로 붙였는데, 그래서 나무 등치의 뿌리가 위쪽으로 올라와 있다고 생각했다. 하지만 튀어나와 있는 뿌리 위에 발을 딛고 서려고 했을 때서야, 해주는 그것이 실은 부러진 가지라는 사실을 깨달았다. 하마터면 가지에 발목이 꺾여 주변에 있는 돌부리 위로 넘어질 뻔했다. 그랬다면 윤송이가 살던 빌라 쪽으로 굴러버렸을 것이다. 머리카락 사이로 땀이 송글송글 맺혔다. 엉겁결에 나무줄기를 부여잡은 해주의 자세는 마치 요가나 필라테스, 혹은 그 어떤 체조의 기본동작처럼 보였다. 이렇게 조금 더 버티면 생각이 균형을 찾고 몸이 한결 유연해질 테지만…… 그러기엔 해주가 그다지 준비된 상태가 아니었다.

가까스로 굴러떨어지는 것을 면한 해주는 건물 3층을 주시한 채(어떤 상황에서도 표적을 놓치지 않는 것은 수사하는 사람의 의무다), 얼굴을 숨기고(모자가 벗겨졌지만 얼굴을 나무줄기 뒤로 숨기는 것을 잊지 않았다) 있었다. 반쯤 열렸던 창문이 그 순간 활짝 열렸다.

창문 밖으로 얼굴을 내민 사람은 동양인 여자였다. 해주는 침을 크게 한 번 삼켰다. 몸을 반대편으로 살짝 틀자 여자의 옆구리에 끼워져 있는 듯 보이던 것의 정체를 알 수 있었다. 여자는 혼자가 아니었고, 한 아이가 여자의 품에 안겨 있었다. 아이의 몸집은 여자의 상반신을 겨우 가릴 정도라, 아마 걸음마를 떼기 전후 정도의 연령으로 보였다. 동그란 얼굴형에 볼살이 많은 아이는 잔디 한편에 작게 마련된 모래 놀이터를 바라보며 검은 눈을 끔뻑거리는 중이었다. 아이를 안은 여자는 날렵한 체형이라 두 사람이 외형적으로 크게 닮지는 않았다.

게다가 여자의 나이는 적게 봐도 오십대 정도로 추측되었다. 그러고 보니 두 사람의 관계를 쉽게 단정하기 힘들었다. 여러 정황을 고려해볼 때 여자가 지금 윤송이의 집으로 추측되는 곳에 있는 이유는 그녀가 윤송이의 어머니이거나(윤송이는 가족을 모두 데리고 탈북했다는 건가?), 혹은 윤송이의 친척이거나(그 정도로 거대한 가족이 감시를 피해 탈출하기가 쉬운가?), 아니면 윤송이의 아는 언니(확률이 가장 높지만, 그렇다면 윤송이의 아이를 돌보고 있다는 건가?)쯤으로 추측해볼 수 있을 것이다. 하지만 윤송이는 탈북자로 혈혈단신 이곳에 왔다고 삘러가 말하지 않았나.

수사는 이야기의 궤를 맞추는 작업이다. 수사를 하다 보면 사실상 사건의 동기를 찾는 일이 가장 중요하다. 사건의 배경, 범인의 캐릭터, 인과관계. 그 모든 과정이 머릿속에 한 번에 잘 그려지면 사건의 용의자를 찾는 데 적지 않은 도움을 받을 수 있다. 하지만 수사관이 자신의 이야기 안에 매몰되어서는 안 된다. 용의자로 특정한 이가 용의자가 아닐 수도 있고, 용의자가 둘일 수도 있고, 용의자가 죽거나 이탈해 없을 수도 있으니까. 이게 작가와 수사관의 가장 큰 차이점이 아닐까. 수사관은 자신이 만들어놓은 스토리를 아주 쉽게 버리고 곧바로 새로운 스토리를 짜야 한다.

해주는 수사관 때 그랬던 것처럼 제멋대로 상상을 뻗어냈다. 저 아이가 윤송이의 아이고, 엄마를 잃은 아이에게 브로커들이 접근한 것일 수도 있다. 인신매매, 장기매매, 불법 인력 교환 같은 것들. 탈북자들이 많이 연루되거나 당하는 것으로 알려진 일들이기도 했다. 그러니 모를 일이었다. 수사에 의심이란 아무리 해도 지나치지 않다.

하지만 아이를 돌보고 있는 저 여자는 지나치게 눈길이 자상하고 몸짓이 부드러웠다. 물론 인신매매범이 저 정도로 자상할 수도 있는 일이었다. 인신매매범을 부모로 알고 크는 이들도 있다지 않나. 어쨌든 상황 파악을 더 하기 위해서, 해주는 뷜러에게 윤송이가 사망 당시에 가족들과 함께 살았는지 알아봐줄 수 있느냐고 문자를 보냈다. 물론 뷜러가 상황을 다 파악하고 있을 수는 없겠지만, 해주보다야 아는 게 더 많을 테니까. 그 후 해주는 1층 정원을 서성이던 남자 쪽으로 다시 눈길을 돌렸다. 남자는 정원 한편에 있는 모래 놀이터의 흙을 다지는가 싶더니 뒷짐을 지고 빌라 뒤뜰로 이어진 문을 통해 건물 안으로 들어갔다.

한국인처럼 보이는 남자와 여자. 그들과는 닮은 데가 없는 아이까지. 이들 셋의 관계를 어떻게 해석하면 좋을까. 해주는 골똘히 생각하면서, 나무뿌리처럼 생긴 부러진 가지를 아래로 시원하게 던져버린 후에, 검은색에 가까운 갈색 흙을 단단히 밟고 아래쪽으로 내려왔다. 그 뒤로는 아마 산책로가 이어지는 것 같았다.

정문 주위는 여전히 조용했다. 해주는 정문 주변을 맴돌다 처음 몸을 숨겼던 승합차 뒤쪽으로 다시 가서 바닥에 약간 솟아 있는 주춧돌에 엉덩이를 대고 폼 빠지게 쪼그려 앉았다. 마침 뷜러 박사가 회신을 보내왔다.(해주는 뷜러 박사의 반응 속도에 조금 놀랐는데, 논문을 위해 자료를 요구했을 때 그는 보통 일주일 정도의 시간차를 두고 답을 보내왔기 때문이다. 그가 부지런하지 않다

는 말이 아니고—그는 지나치게 많은 자료들을 해주에게 보내곤 했다
—그가 아마 이 사건을 매우 관심 있게 보고 있다는 뜻이기도 하다는
사실을 다시 한번 깨달았다.)

뷜러가 보낸 메일에는 윤송이가 독일로 들어오기까지의 과
정이 정리된 신문 인터뷰가 두어 개 첨부되어 있었다(파파고는
독일어를 금세 명확한 영어와 한국어로 바꾸어주었다). 지역 신문에
난 인터뷰인데 구독해야 열람 가능한 기사들이라 해주가 찾
기는 어려웠을 거라고, 혹시 몰라 보관해둔 것들이니 살펴보
라고. 뷜러는 윤송이에 대해 알게 된 새로운 정보도 간단히 요
약해주었다. 윤송이는 애초에 런던에 오래 거주하다 독일에
정착한 바 있고, 살고 있는 집의 건물주는 한국계 독일인 장춘
자라는 사실이었다.

뷜러의 마지막 문장은 '나는 연구자일 뿐 수사관이 아니긴
하지만'이었다. 해주는 입술을 끌어올려 웃으며 혼잣말했다.
아저씨 다 해줄거면서 투정은. 스크롤이 바닥에 닿자 마지막
에는 이런 서명이 쓰여 있었다.

'당신의 친구, 뷜러로부터.'

그때 갑자기 문 열리는 소리가 들렸다. 해주는 고개를 번쩍
들면서 주변을 살폈다. 정문 밖으로 나온 사람은 윤송이의 집
에서 아이를 안고 창문을 내려다보던 중년의 여자였다. 검은

원피스 차림이던 아까와는 다르게 외투를 걸친 외출복 차림이었다.

해주는 쉽게 단정하거나 추측하지 않기로 하면서 여자의 모습을 지켜보고 있었다. 수사를 하다 보면(물론 해주에게 수사라는 말이 이미 어색하긴 하지만), 대체로 어떤 감에서부터 한 발 진척된다. 직감이나 육감이라고 쉽게 말하지만, 결국 사소함을 단서로 찾아낸 경험에서 비롯된 통찰이다. 그렇게 단숨에 잡힌 어떤 감. 그것을 공유하고 설득하고 회의감을 정화조에 걸러내며 다시 한 발을 뻗어야 한다.

"형, 형은 이론에만 빠삭해서 문제예요."

용준이 그런 말을 하던 때가 있었다.

"너 내가 얼마나 유능한 경찰인지 모르잖아."

용준은 그렇게 말하는 해주를 향해 해사하게 웃고 있었다.

"능력 없다는 말은 안 했는데요. 그냥 형이 이론에 빠삭하다고 했지."

"그 말이 그 말이잖아."

익숙한 대화 방식이었다. 용준이 바른 소리를 하고, 해주가 큰소리를 치는. 그럴 때 둘은 사회가 정해놓은 지위나 계급 출신 따위에서 자유로워졌다. 그 평범한 순간이 해주에게는 더 없이 특별했다. '특별하다'라는 단어만으로 용준을 설명하기에는 부실한 감이 없지 않지만, 뾰족한 생김이 마치 이 단어에 절대성을 부여하는 느낌이다. 이를테면 애정이나 신념 같은.

용준에 대한 첫 감정이 연민이나 동정, 혹은 다른 어떤 것이었다고 해도, 지금까지 그 감정만 고스란히 갖고 있기란 힘든 일이었다. 만남을 거듭할수록 관계와 감정은 변했고 그것은 당연한 일이었다. 관계가 늘 변화한다는 사실을 상수처럼 끌고 가는 것보다 유리한 건 없었다.

둘 사이에는 한 번도 큰 다툼이 없었고 심지어 가끔 서로를 잘 이해한다고 생각하곤 했다. 말한 적 없지만 그럴 때 용준과 해주는 서로 완전히 다른 사람임을 인정했다. 그 밖에 다른 것들, 예를 들면 목숨을 건 탈출이라든지 결의에 찬 삶이라든지 하는, 억척스럽게 둘을 옭아맨 사슬은 거짓말처럼 풀려 있곤 했다. 오직 그것으로 충분했다.

어느새 여자는 건물 밖으로 나와 이번에는 자신이 나온 3층을 올려다봤다. 지금 아래를 내려다보고 있는 건 다른 사람, 아까 잔디를 슬렁슬렁 밟다가 뒷문을 통과해 건물로 들어간 남자였다. 아침빛이 환했고 여자가 완전히 잘 보이지는 않았다. 해주는 눈을 가늘게 뜨고 여자의 움직임을 주시했다. 여자는 3층을 올려다본 채 잠자코 멈추어 있었다. 잠시 후 남자가 창문을 다시 열더니 여자에게 손인사를 했다. 이번에는 남자가 아이를 안은 채였다.

정말 윤송이의 아이일까? 누가 아이를 보호하고 있는 걸까? 보호시설로 넘겨졌다는 말도, 윤송이의 친인척에게 갔다는 말도, 어떤 말도 해주는 들은 적이 없었다. 그러니까 한국인으로 추정되는 저 여자와 남자가 번갈아 안고 있는 아이가 윤송이의 아이인지, 그렇지 않은지도 지금으로서는 알 길이 없었다.

아이는 여자를 발견하더니 울기 시작했다. 시간이 지날수록 우는 소리가 맹렬해졌다. 그러자 당황한 남자가 아이를 데리고 다시 안으로 들어가더니, 잠시 뒤 홀로 창문 쪽으로 다가왔다. 그들은 그저 육아를 분담하는 부부 정도로 보였는데, 물론 남자와 여자의 아이라고 하기에는 부모의 나이가 너무 들어 보였다. 남자가 스마트폰으로 여자에게 손짓했다. 전화를 거는 것 같았다. 골목은 조용하고 한산했는데, 여자가 당황한 탓에 목소리를 조금만 높여도 골목에 울려퍼질 정도였다. 여자는 내가 지금 올라가겠다고, 그러니 조금만 기다리라고 말했다. 남자는 그런 여자의 생각에 반대하는 것 같았다.

"그러면 아이 몸이 춥지 않게 잘 여미고 잠깐만 내려와요."

한참의 실랑이 끝에 여자가 말하자, 창문이 닫혔다. 여자는 거리에 홀로 서서 구두 앞코를 바닥에 짚으며 기다렸다. 그 모습을 보고 있던 해주의 시선이 여자의 손에 들린 보온병으로 자꾸만 갔다. 여자는 어디에 가는 걸까. 해주는 여기에 있는 것보다 여자를 따라가보는 게 낫겠다고 생각했다. 직감이었다.

아마 이런 직감을 느꼈다고 하면 용준은 비웃을 터였다. 형의 직감은 믿을 만한 게 못 된다고.

그러면 해주는 이런 말을 해주고 싶다. 내가 그날 그런 직감을 느끼지 않았다면, 너 데리고 삼겹살 먹으러 갔겠어, 안 갔겠어?

유령처럼 나를 맴도는, 용준아.

이번에는 남자가 아이를 데리고 건물 밖으로 나왔다. 해주는 잠시 고개를 들어 아이가 우는 쪽의 사정을 더 살폈다. 아이는 여자를 보더니 3층에서 울 때보다 더 큰 소리로, 이번에는 얼굴까지 새빨개진 채로 울기 시작했다. 여자는 아이를 달래려고 애썼지만 표정을 좀 다르게 지어주는 것만으로 아이의 기분이 풀리지는 않았다. 여자가 결국 아이를 받아 안자 아이의 울음소리가 좀 누그러져서 여자도 남자도 안심하는 표정이었다. 남자는 이내 초조하게 서서 물었다.

"가보셔야 하지 않습니까?"

해주는 그가 쓰는 단조롭고 격의를 갖춘 말투를 의식하며 미간을 짧게 좁혔다 풀었다. 여자가 남자를 향해 부드럽게 미소 짓더니, 눈을 지그시 감았다 떴다. 괜찮다고 말하는 것 같았다.

"오늘 왜 이렇게 서럽게 울어, 응?"

여자는 품에 안긴 아이에게 천천히 말을 걸더니, 남자를 향해 손을 동그랗게 말아 입에다 가져다 댔다. 어디 가서 담배나 한 대 피우고 와. 그렇게 말하는 것 같았다. 남자가 손사래를 치는데도, 여자는 다 알고 있다고 말하며 아이를 안고 다시 건물 안으로 들어가버렸다. 남자는 이러지도 저러지도 못하는 표정으로 빌라 입구에 뻣뻣하게 서 있다가 어쩔 수 없다는 듯 담뱃갑을 손에 쥐며 해주가 있는 쪽을 향해 왔다.

순간 해주는 입술을 꾹 깨물었다. 남자가 다가오는 동안 해주는 몸을 반대편으로 돌릴지, 남자에게 말 한마디라도 걸어볼지 고민했다. 해주에게 의심을 품은 얼굴은 아니었고, 다만 해주를 살짝 곁눈으로 살핀 후에 담배 한 개비를 물더니 불을 붙이는 데 열심일 뿐이었다. 아이의 아버지라면 담배를 점퍼 안에 저렇게 일상적으로 보관하고 다니지는 않지 않을까 하는 생각이 들었지만, 이내 담배 피우는 입장이 되어본 적이 없으니 알 수 없는 일이라고 생각했다. 해주는 겸연쩍은 표정이 되어 뒤를 돌았다가 머리를 긁적였다. 독일에서 경찰 행세를 하는 것도 아니고, 사건을 공식적으로 수사하는 것도 아니고, 켕기는 게 있는 입장도 아닌데 왜 주춤거리지.

조금 더 과감해진 해주는 남자 쪽으로 다가가 담배 한 개비를 빌릴 수 있느냐는 듯 가볍게 물었다.

"아이가 왜 저렇게 웁니까? 엄마를 보더니 막 울던데."

남자가 해주의 위아래를 빠르게 훑었다. 가까이서 보니 남자의 체형은 더 마르고 왜소했다. 남자는 의심 가득한 눈으로 해주를 쏘아보더니, 이내 시선을 거뒀다. 기분이 나빠질 법도 했는데 해주는 별 내색 없이 (이런 건 제 전문이라는 듯), 남자를 향해 주름을 좁히며 최대한 사람 좋게 웃었다.

해주 생각에도 해주가 그들에게 낯설어 보이는 건 당연했다. 이곳은 어쨌든 독일이니 이방인이 한국어로 뭘 묻는 게 흔치 않은 일이긴 할 터였다. 아이가 우는 게 관심을 보일 만큼 이상한 일도 아니었고. 침묵이 이어지자 해주는 그가 다른 생각을 하지 않도록 재빨리 말을 이었다.

"아니 그냥, 지나가다 서 있는데 애가 엄마를 보더니 막 울더라고요."

남자는 아무 말 없이 담배 한 모금을 깊이 빨았다. 해주가 남자의 눈치를 살피며 다시 물었다.

"아니, 할머니인가?"

남자는 여전히 반응이 없었다.

"아니, 이모인가……."

이런 식으로 던지다가 남자가 무언가를 무는 게 최선일 수 있는데, 늘 잘 되는 방식은 아니었다. 해주는 경찰 일을 하던 때에도 이런 식으로 자주 헛발질을 했었다. 혹시나 이번에도 그런 게 아닌가 싶었다. 게다가 지금은 그런 일에 주의를 주는 용준마저 없으니까. 입술을 질끈 깨물며 해주가 멈춰 서 있자 이번에는 남자가 해주에게 물었다.

"여기는 무슨 일로 오셨어요?"

경계심 때문인지 말투가 약간 굳어 있었고 눈빛은 무언가를 살피는 듯 예리했다.

"여행 왔습니다."

능치듯 말을 던졌다. 아닌 게 아니라 해주는 이곳에서 정말로 그냥 여행자였다.

"여행을 온 사람이 왜 이런 델 와 있어요? 베를린도 아니고 프랑크푸르트도 아니고. 그렇다고 관광하기 좋은 도시도 아닌데?"

퉁명스러운 투였다. 고국의 언어를 사용하는 여행자에게 이렇게 박하게 구는 사람이 아이를 돌본다니 놀라운 일이었다.

"베를린하고 프랑크푸르트만 가란 법 있습니까? 발 닿는 데가 다 여행지죠."

해주는 일부러 장난스럽게 웃는 표정을 지어 보이며 서글서글하게 말했는데, 그 말을 들은 남자가 도리어 표정을 일그러뜨렸다.

"그런 델 가슈. 이런 곳은 여행자들이 올 만한 데가 아니니까."

예, 그렇게 대답하면서 해주는 일부러 주름이 잔뜩 질 정도로 과도하게 얼굴 근육을 사용해 웃어넘겼다. 남자는 끝내 해주에 대한 의심을 풀지 못하겠다는 표정으로 담뱃불을 껐다. 그러더니 무언가 더 말하고 싶은 것이 남았는지 해주 쪽으로 돌아섰다. 수사는 맥락을 읽는 일이다. 맥락을 살피기 위해 비집고 들어갈 틈을 살피는 건 당연하다. 좀처럼 틈을 주지 않으려는 인물에게서도 실오라기를 잡아야 하지만, 지금은 빠질 타이밍이다.

그때 빌라 정문이 다시 열렸다. 아까 그 여자였다. 여자는 두 손을 모아 볼에 갖다 대며 몸짓으로 말했다. 해주도 알아들을 수 있을 만큼 쉬웠다.

아이가 자.

남자가 알겠다고 끄덕이고서는 서둘러 길을 건너갔다. 남
자는 해주가 있는 쪽을 한 번 더 살펴보았고, 해주의 얼굴을
다시 한번 확인하는 것 같기도 했는데, 해주가 몸을 살짝 비틀
자 이내 뒤돌아 빠른 걸음으로 여자와 교대한 뒤 건물 안으로
들어갔다.

남자가 들어간 뒤에야 해주는 순진한 척 지었던 표정을 풀
었다. 쓰지 않으려 했던 감각을 곤두세워서 머리에 쥐가 날 지
경이었다. 주변을 살피다가 바닥 쪽으로 고개를 기울였다. 이
럴 때 담배라도 피우면 무료하지는 않을 것 같은데, 해주는 평
생 담배를 배워본 적도, 배우고 싶은 욕구도 별로 없었다. 가
만히 서 있기 어색해 거리에 침이라도 뱉고 싶었지만 입안에
서 끓인 침이 마른 목구멍으로 그냥 넘어갔다.

해주는 한참을 멀뚱이 서 있다가 여자가 드디어 걸음을 떼
자 그녀가 걷는 방향으로 천천히 함께 움직이기 시작했다. 남
자가 건물 계단참에서 자신을 내려다보고 있었다. 해주는 별
로 개의치 않았다. 자신을 뭐라고 생각하든 해주가 여기 온 이
유를 찾아낼 확률은 0에 가까웠다. 해주는 자신에게 까탈스럽
던 남자를 따라 집 안으로 들어가느니, 여자를 따라가는 편이
낫겠다고 생각했다. 어쩌면 빈틈 같은 걸 찾을 수 있을지도 몰

랐다. 직감을 믿고 가기로 했다. 물론 그 직감, 틀릴 때가 많다고 용준에게 혼이 자주 나긴 했었지만.

✿

아직 아침 9시였다. 독일의 늦겨울은 해가 부족하고 눅눅한 바람이 불었다. 기온이 오르다 내리기를 반복하면서 비도 눈도 아닌 액체가 허공에 흩날렸다. 뷜러에게서는 혹시 사건 현장에 가봤느냐는 문자가 들어와 있었다. 바로 가볼 예정이라고 답한 후에 해주는 혼잣말했다.

"수사관은 아니라더니, 되게 관심 많네."

그렇게 말하긴 했지만 사실 해주는 뷜러 박사에게 고마운 마음을 갖고 있었다. 뷜러는 한국에 특별한 연고가 있을 리 없는 독일 사람인데, 그가 윤송이와 베르크에 관심을 가졌기 때문에 해주가 이런 조사를 시작할 수 있었다. 사건에 깊이 들어갈수록 용준에 대한 기억이 점점 또렷해지고 있었지만 운명에 가까운 일이라고 생각해버리면 그만이었다. 어째서 인연이란 이렇게도 질길까. 왜 한 사람과의 인연이 운명의 다음 장을, 또 그다음 장을 이어나가게 하는 걸까.

해주는 여전히 여자의 움직임을 주시하고 있었다. 용준의 말 때문이 아니더라도 해주 또한 직감이라는 게 틀릴 확률이 부지기수라는 걸 모르지 않았다. 해주가 애초에 훌륭한 수사관은 아니었으니까. 말이 나와서 말인데, 아마 수사팀장님이 있었다면 크게 혼났을 거다. 동의도 받지 않고 수사권도 없이, 이렇게 정황근거와 의심만으로 뒷조사를 하다니. 미친놈이라고 했을 거다.

거세고 차가운 바람에 정류장 벤치에 앉아 있던 여자의 머리칼이 흩날렸다. 여자의 주변에 침착하게 침묵이 흘렀다. 이윽고 여자는 스마트폰으로 전화를 받으며 상대편이 하는 말을 주의 깊게 듣더니 고개를 좌우로 돌려 주변을 살폈다. 해주는 여자의 눈에 띄거나 어떤 인상을 남기지 않기 위해 멀리 뒤쪽에 떨어져 있었다. 여자는 전화를 끊은 뒤 옆에 내려둔 보온병을 두 손으로 감싸 제 무릎에 올렸다. 다시 여자의 주변으로 침묵이 머물렀다. 눅진한 공기가 고요를 더욱 짙게 눌렀다. 낯선 한국인 남자가 자신을 보고 있다는 사실을 아는지 모르는지, 여자는 그저 보온병을 손에 쥐고 가만히 앉은 자세 그대로, 버스를 기다리는 중이었다. 기이하게도 평온했다.

마을의 경계를 빙 돌아 외각으로 나온 뒤 10킬로미터쯤 잘 포장된 길을 내달리면 빈덴으로 이어지는 도로가 나왔다. 해주는 검은색 볼캡 위에 진회색 후드를 뒤집어쓴 채 버스가 달리는 내내 스마트폰 지도 앱과 앞쪽 좌석에 앉아 있는 여자를 번갈아 응시하는 중이었다.

여자는 버스에서 내릴 때에도 보온병을 두 손에 쥐고 있었다. 버스 정류장은 기차역에 바짝 붙어 있어 출근하는 사람들과 등교하는 학생들로 분주했다. 여자와 같은 정류장에서 내린 사람들은 열 명 정도였는데, 무리의 반은 기차역으로, 또 다른 반은 빈덴 시내로 향했다. 여자는 익숙한 듯 빠른 걸음으로 직진해 시내 쪽으로 가는 무리에 끼어들었다. 해주는 사람들 사이에서 이리저리 몸을 붙이며 여자를 따라갔다.

빈덴 중심가로 들어가는 길을 따라 종아리 정도 깊이의 도랑이 이어졌고, 도랑을 따라 개울물이 흘렀다. 이곳 어디쯤일 텐데. 해주는 퍼뜩 생각나서 보고 있던 지도 화면을 축소시켰다. 그렇지. 해주는 다시 여자의 움직임을 눈으로 쫓았다. 여자가 목적지를 향해 갈수록, 해주가 즐겨찾기 해둔 장소에 가까워지고 있었다. 침착하게. 고개를 들어 옅은 숨을 들이키며 해주는 속으로 몇 번이나 말했다. 지도에 표시된 노란색 별이 점점 선명해졌다. 한 번도 마주한 적 없는 세상으로 깊이 발을 들이는 표식 같았다.

그곳은, 윤송이 사건 현장이었다. 한기가 한꺼번에 들어와

콧속을 찌르더니 순식간에 몸을 파고들었다. 붉은 동그라미
는 현 위치, 노란색 별은 해주가 표기해둔 곳. 붉은색과 노란
색 점이 점점 겹쳐가는 모습이 어떤 신호로 느껴졌다.

　무언가 강력한 비밀이 베르크와 빈덴 사이 어딘가에 있다.
사건이 벌어진 시점은 과거지만, 사건의 끝은 언제나 더 먼 미
래를 향한다. 그렇기에 현재 그 사건이 어떤 방식으로 해석되
느냐, 오직 그것이 중요하다.

　하지만 여자는 예상과 다르게 윤송이 사건 현장이 있는 오
른쪽으로 길을 건너지 않고 왼쪽으로 방향을 틀었다. 여자가
향하는 곳에 흰색으로 칠해진 외벽이 눈에 띄었다. 두꺼운 콘
크리트 옹벽이 육중한 모습으로 건물의 둘레를 치고 있었다.
흰 벽을 따라 경사가 낮은 언덕을 걷던 여자는 한쪽이 열린 접
이식 철문 안으로 자연스레 들어갔다. 해주는 멀찍이 서서 여
자의 모습을 바라보고 있었다. 비인지 눈인지 모를 액체가 눈
을 찔러댈 듯이 날렸다. 해주는 철문 가까이 다가가 플라스틱
으로 된 간판을 읽었다.

베르크-빈덴 요양원

　해주는 고개를 들어 요양원 건물을 향해 걷는 여자를 뒤끄

러미 보았다. 출입문에 다다른 여자는 보온병을 들어 바닥면을 잠깐 확인하더니 다시 그것을 두 손에 들고 건물 안으로 들어갔다. 철문 앞에 서 있던 해주는 문 안쪽으로 머리를 쑥 내밀었는데, 마치 들어가보라는 듯 찬바람이 불어 해주의 머리칼을 흐트러뜨렸다. 여자는 누구를 만나러 갔을까.

해주가 안으로 들어가볼지 말지 고민하며 서성이는 사이 여자가 들어간 문으로 한 독일인 남자가 나왔다. 초췌한 얼굴에 얇고 검은 칼하트 점퍼와 연한 청바지를 입고 있었다.

그는 익숙한 듯 몸을 왼편으로 돌리더니 어딘가로 거침없이 걸어갔다. 해주와 비슷한 나이대의 남자니까, 어쩐지 옆에 있어도 모양새가 괜찮지 않을까. 해주는 성큼성큼 걸어 남자를 따라가다 멈춰 섰다. 남자가 향한 곳은 흡연 구역이었다. 담배를 무는 남자의 옆으로 작은 정원과 아담한 산책로가 눈에 띄었다. 무해한 풍경에 이끌리듯 해주도 안쪽으로 들어갔다.

급히 문 열리는 소리가 들렸던 것은 해주가 산책로 쪽으로 몸을 틀었을 때였다. 사람 한 명이 들것에 실려 있었고, 의료진으로 보이는 이들이 다급하게 들것을 구급차에 싣는 광경이 보였다. 들것에 실린 사람은 얼굴이 노랗다 못해 창백하게 변색되어 있는 젊은 남자였다. 그의 병상이 구급차 안쪽으로 완전히 밀어넣어진 것을 확인한 뒤 하늘색 가운을 입은 의료진 한 명이 구급차에 함께 올라탔다.

남겨진 의료진 남자는 구급차가 멀어지는 광경을 한참이나 보다 돌아섰다. 남자가 갑자기 돌아서는 바람에 해주와 남자의 눈이 정면에서 마주쳤는데, 그제야 해주는 그가 울고 있다는 걸 알았다. 놀란 해주가 고개를 떨궈버렸다. 단추 서너 개가 풀린 남자의 가운이 눈에 띄었다. 남자가 서둘러 요양원 안으로 들어간 후에야 해주는 고개를 들어 멀리 구급차가 있는 곳을 내다봤다. 날카로운 사이렌 소리가 공기를 찌를 듯이 퍼져나간 뒤에 천천히 잦아들었다. 들것에 실려 있던 남자의 얼굴이 해주의 머릿속에 파편처럼 떠다녔다.

용준도 한 번, 그런 모습으로 응급실 침대에 누워 있었던 적이 있다. 급성 장염이었다. 이상한 도주극을 벌였던 첫 만남 이후, 해주는 용준에게 가끔 연락을 했다. 요즘 괜찮은지, 날이 더운데 작업하는 데 어려움은 없는지, 자격증 공부는 잘 되는지. 용준은 해주의 연락이 부담스럽다고 하면서도(직접 입으로 말하기도 했다. '왜 자꾸 연락을 하는 거예요?' 해주는 그때 '이유가 없으면 안 될까' 하고 답했다) 굳이 피하지 않았다. 게다가 해주의 말에 대답도 제법 잘 해주었다. 일거리가 없으면 택배 일도 가끔 한다고, 공부도 어찌저찌 하면서 지낸다고.

그러던 어느 날 저녁, 누군가 갑자기 용준의 번호로 해주에게 연락을 해왔다. 용준이 아파 응급실에 실려왔는데 보호자 역할을 좀 해주면 안 되겠냐는 거였다. 해주는 연락을 받자마자 하던 일을 놓고 순찰차를 몰아 용준이 있는 병원에 서둘러 갔다. 응급실 침대에 누워 있는 용준은 식은땀을 뻘뻘 흘리는 중이었다. 땀에 푹 젖은 작업복을 입은 채로 실려온 용준 옆에 용준의 동료가 어쩔 줄 모르는 표정으로 서 있었다. 정신을 잃었다가 잠깐 깨어났을 때, 용준이 연락해달라고 한 사람이 해주였다고 했다.

용준의 동료가 그렇듯, 해주 역시 아픈 용준을 위해 뭘 해줄 수 있는 것은 아니었다. 용준의 동료는 해주의 얼굴을 호기심 어린 눈으로 관찰하더니 용준과 어떤 사이냐고 물었다. 해주는 그 사람의 얼굴을 보다가 툭 뱉어냈다.

"형이에요."

그러고는 그의 시선을 피해 잠든 용준을 바라봤다. 동료는 그렇다면 더 신기하다는 표정을 지어 보였다.

"아, 용준이가 자기 얘기를 즐겨하는 애가 아니라서. 부모님은 북에서 돌아가셨다고 했고, 동생이 하나 있다고 들었는데……."

해주는 그렇게 말하는 그의 눈빛이 많은 질문을 담고 있다는 걸 아까부터 눈치채고 있었다. 궁금한 거야 많겠지만, 아픈 용준을 앞에 두고 용준의 신상에 대한 어떤 질문도 듣고 싶지 않았던 해주는, 어떻게 된 일이냐고 선수를 쳐 물었다.

"작업을 하다가 갑자기 머리가 핑 돈다는 말을 마지막으로 작업대에서 떨어져버렸어요. 여기 선생님들이 장염이라고 하셨는데, 장염도 장염이지만 요즘 잠을 영 못 잤다고 하더라고요. 컨디션이 말이 아닌 것 같아요."

짧은 숨이 입술을 뚫고 비어져나왔다.

"우선 형님이라고 해서 전화를 드린 건데, 용준이 깨어나면 좀 말해주세요. 애가 요즘 워낙 닥치는 대로 일을 해대는 통에 하마터면 과로사 할 뻔했어요."

무슨 일을 그렇게나 해대는 거냐고, 우리 같은 사람들은 그렇게 안 쉬고 일하면 갑자기 몸이 다 망가지는 법이라고, 그 사람은 또 한 번 해주에게 주의를 주었다. 용준이 주변인들의 말을 잘 듣지 않는다는 이야기를 해주에게 전하면서도, 그는 해주가 마치 용준에게 주의를 주어서 그를 조심시킬 수 있다는 것처럼 말했다. 해주로서는 그의 이야기를 들어주는 것 이상으로 할 수 있는 일이 없었다.

용준의 동료가 몇 번의 당부 끝에 집으로 돌아간 뒤에야, 해주는 본격적으로 조용히 용준의 옆자리를 지킬 수 있었다. 새

벽에 링거를 더 맞고 퇴원하는 것이 좋겠다는 의사의 말에 해주도 병상 옆에 있는 보조 침대에 모로 누워 선잠을 잤다. 용준은 한밤 내내 무슨 악몽을 꾸는지 비명을 지르다 깨기를 반복했다. 해주는 용준이 깨어날 때마다 묻고 싶은 말이 많았지만 아무것도 묻지 못했다. 그 질문들이 용준에게 미칠 가학의 정도가 가늠조차 되지 않았다. 다만 해주는 불우한 역할을 도맡기로 작정한 용준을 향해, 나직이 속삭일 뿐이었다.

"용준아, 너는 도대체 얼마나 겹겹이 사연을 안고 사는 거야."

당분간 무조건 쉬어야 한다는 말을 들었지만, 용준은 곧장 일을 하러 나가겠다고 했다. 벌써 이틀 치 일을 못한 게 영 마음에 걸린다는 거였다. 해주는 치료비를 계산하고 나와 곧장 용준을 병원 앞에 있는 죽집으로 데려갔다. 흰죽과 삼계죽, 전복죽을 시킨 뒤 용준에게 흰죽부터 천천히 먹을 수 있을 만큼 먹으라고, 나머지는 포장해 가면 된다고 말했다. 그러고는 또 먹고 싶은 게 없느냐고 물었다. 용준은 "형은 이런 게 문제예요. 부르주아예요? 어떻게 한꺼번에 죽을 세 개나 시켜요"라고 말하더니, 낙지와 게살이 섞여 있는 죽을 (메뉴판도 보지 않고) 추가했다.

"야, 매콤한 거야."

해주의 말에 용준이 머뭇거리지도 않고 대답했다.

"대한민국엔 죽 종류마저 없는 게 없어요."

용준은 북한에서 어떤 삶을 살았을까. 해주가 용준의 삶을 처음으로 궁금해했던 게 바로 그때였다. 용준의 부모님은 살아계실까, 동생은 지금 어디에 있을까. 그 전까지 해주는 용준의 이전 삶에 대해 어떤 것도 궁금해한 적이 없었다. 이제와 그 사실이 조금 미안해지기도 했다. 동료도 궁금해하는 용준의 부모나 동생에 대해, 어째서 '친한 형'인 자신은 별로 관심을 두지 않았을까. 둘 사이에 시간과 경험이 축적되는 동안 언어가 책임져주지 못하는 것들에 대해 얼마나 병적으로 무지했는가.

"용준아."

해주가 부르자 용준이 무심코 고개를 돌렸다.

"부모님, 뵙고 싶지 않아?"

용준이 그렇게 묻는 해주에게 되물었다.

"형은요?"

멀뚱하니 용준의 얼굴을 보고 있는 해주를 향해, 용준은 제법 근엄한 표정이 되어 다시 물었다.

"형은 부모님 뵈러 안 가요?"

"아 그거야……."

그게 용준 나름의 농담이었다는 걸, 해주는 그뒤에 따라붙은 희미한 미소로 알아챘다.

해주는 하려던 말을 멈추고 입에 넣은 김치 조각을 우걱우걱 씹는 용준을 물끄러미 바라봤다. 그런 마음으로 살겠구나. 자신의 상황을 너무 탓하지도 않고, 처한 상황에 너무 매몰되지도 않고, 주어진 삶을 담담히 받아들이면서. 문득 그러자 용준에게 주어진 삶도, 해주에게 주어진 삶도 어려워 보이지 않았다. 앞에 놓인 걸 해내기만 하면 된다는 뜻이니까. 무엇보다 해주에게 별로 궁금한 게 없었던 용준이 고마웠다. 그것이 바로 용준이 해주를 있는 그대로 받아들이는 방법이라는 것도, 깨달을 수 있었다.

막 나온 흰죽과 삼계죽을 번갈아 먹는 용준을 보면서 해주가 물었다.

"그런데 말이야. 같이 일한다던 그 사람은 왜 내가 오자마자 도망가듯 가버린 거야?"

용준은 흰죽을 듬뿍 입에 넣으며 별것 아니라는 듯이 말했다.

"내가 탈북자라는 걸 알고 있으니까. 엮이기 싫은 거지."

해주는 그 말을 하는 용준을 바라보았다. 용준은 배가 더 이상 아프지 않은 건지 아직 뜨거운 김이 가라앉지 않은 죽을 숟가락으로 푹푹 퍼서 입에 집어넣고 있었다. 해주가 별말 없이 제 얼굴을 보고만 있자 용준이 아무것도 아닌데 신경 쓰지 말라며 고개를 휘휘 젓더니 말을 보탰다.

"괜찮아요, 형. 차라리 회피하는 게 더 깔끔하니까."

그건 또 무슨 말이냐고 물었다. 용준이 흘러내리는 땀을 쓱쓱 닦으며 말했다.

"네 나라로 돌아가라고 소리나 안 지르면 다행인 거지."

"네 나라?"

고개를 끄덕이는 용준을 해주는 여전히 갸우뚱한 얼굴로 보고 있었다.

"근데 형님, 그거 알아요? 탈북자는 이 땅에 들어올 때부터 대한민국 사람이라는 거."

용준은 숟가락으로 뜬 죽을 물끄러미 바라보고 있다가 무언가 생각난 게 있다면서 말을 이었다.

"회피하는 건 차라리 선한 거예요. 칸트가 그렇게 말했거든."

"칸트?"

해주는 뜬금없는 용준의 말에 놀라 소리를 높여 물었다.

"예, 형님. 임마누엘 칸트가 그런 말을 했죠. 인간은 누구를 위해서가 아니라 나를 위해 선한 쪽으로 진화한다. 회피를 수단으로 자신의 선함을 지키는 거죠. 그러니까 회피가 공격보다는 한 수 위인 거예요."

뭐 저런 지식 만렙인 녀석이 다 있나. 해주는 멀뚱한 표정으로 용준을 바라보고 있었다. 용준은 정말이지 탐구형 인간이었다. 저 자식이 애초에 북한이 아니라 한국에서 태어났다면 정말 잘 되었겠다, 싶을 정도로. 어떤 부모에게서 태어났든, 가정환경이 어땠든, 어쨌든 한국에서 태어났더라면 지금보다 상황이 더 좋았을 것을.

그런 생각이 들다가도 꼿꼿하게 상체를 세우고 죽을 떠먹는 심성 바른 용준을 보고 있으면 문득 반성이 되었다. 용준이 어디에서 태어났느냐, 어떤 가족에게서 태어났느냐보다 중요한 건 용준이 그저 지금 저 모습으로 내 앞에 있다는 사실이었다. 그 이유만으로도 지금 용준은 제 몫을 잘 하면서 살고 있는 거라고, 해주는 그렇게 생각했다. 아니, 생각하기로 다짐했다. 생각은 의지에서 비롯되는 법이었다.

❖

시린 바람이 살을 도려내듯 불어왔다. 해주는 요양원 건물 벽을 돌아 정원 근처로 다가갔다. 맹렬하게 뿜어내던 구급차 소리는 멀어지고 휠체어를 타고 환자복을 입은 이들이 정원 곳곳을 산책하는 모습이 보였다. 정원을 둘러싼 원형 산책로와 그 사이로 군데군데 조성된 벤치도 눈에 들어왔다. 카디건을 입은 환자와 보호자도 여럿 나와 좁은 보폭으로 걷고 있었다. 공기가 아직 차가운데도 사람들은 꿋꿋이 서거나 앉은 채로 바람을 맞고 있었다. 그 모습이 인상적이라 해주도 불쑥 야외 벤치에 앉아보고 싶었다.

지나가던 한 노인이 해주가 앉아 있는 벤치로 다가왔다. 움직임이 느릿해 해주가 시선을 돌렸다가 다시 쳐다봐도 아직 한 걸음을 다 끝내지 못할 정도였다. 그는 자신의 키보다 큰 밀대에 의존해 움직이고 있었다. 벤치로 다가온 노인이 해주의 맞은편에 앉는 데도 시간이 한참 걸렸다. 걷고 앉는 단순한 행위가 그에게 얼마나 많은 에너지를 요구할까 싶어, 해주가 무언가 도와줄 게 없나 살피자 노인은 괜찮다는 표시로 손을 흔들었다.

"이런 운동이라도 해야 몸이 아직 살아 있는 것 같습니다."

노인은 해주가 그 말을 알아들었는지 알아듣지 못했는지는 관심이 없다는 듯, 멀리 정원 앞을 주시했다. 노인의 시선을 따라간 곳에 베르크의 전경이 펼쳐졌다.

"아름답지 않소?"

노인이 작은 목소리로 물었다. 노인의 문장 끝에 바람이 불어와 노인과 해주를 스쳤다. 멀리서 사이렌 소리가 다시 울렸다.

"죽을 때가 되어야 세상이 아름답다는 건 슬픈 일이지만."

해주는 그렇게 말하는 노인을 바라보다 시선을 멀리 풍경 쪽으로 돌렸다. 해주에게 죽음이라는 것은 어둠, 아무것도 아님, 그 뒤가 없는 것이었다. 즐겨 듣던 노래를 부른 사람이 죽고, 작업을 하다가 사고를 당해 죽고, 가장 사랑하는 사람이 죽고. 삶이 아닌 것. 끝인 것. 해주에게는 그것이 죽음이었다. 구급차에 실려나가던 젊은 남자와 밀대를 밀고서라도 움직여 바깥 산책을 나온 노인과의 만남에 대해, 이곳이 낯선 나라의 요양원이라는 사실에 대해 떠올리다가, 해주는 기이한 쓸쓸함에 사로잡혔다.

"바쁘게 살던 때에는 안 보였던 아름다움이 이제야 보이는 것은 자연스럽지요. 죽음이 물처럼 자연스럽듯이."

모든 것이 때가 되어 의식되는 것. 해주에게 죽음이 다가올 때, 죽음의 다음은 여전히 끝으로 인식될까. 노인은 한참 걸려 밀대를 고정시키며 일어나더니, 또 한참 걸려 밀대를 밀어 한 걸음 걸어나갔다. 그렇게 한 걸음, 또 한 걸음. 그가 아름다움을 안고 죽음을 향해 걸어나가는 장면을 해주는 바라보고 있었다.

어디선가 짧고 명랑한 종소리가 울렸다. 아마 도시에 있는 시계탑에서 울리는 소리일 터였다. 시간을 보니 12시 반이 되어 있었다. 잠복근무를 수없이 많이 해봤고 진절머리가 날 정도로 잘 기다리는 성격이긴 하지만, 무슨 일을 하러 갔는지도 모르는 여자를 마냥 기다릴 수는 없는 일이었다.

해주가 마침내 일어났다. 윤송이 사건 현장이 근처에 있었고, 여기에서 시간을 죽이는 게 더 의미가 없겠다는 생각이 들었기 때문이다. 어서 가서 현장을 살펴봐야지.

그때 마침 해주의 말을 듣기라도 한 것처럼 보온병 여자가 불쑥 건물 밖으로 나왔다. 해주는 놀라 그대로 벤치에 다시 앉았다. 여자는 휠체어를 밀고 있었고, 휠체어에는 한 노인이 앉아 있었다. 도톰한 베이지색 카디건을 입고 무릎에 군청색 담요를 덮은 둥근 얼굴의 여성이었다. 눈을 가늘게 뜨고 정원 너머의 나무들을 내다보고 있는, 아담한 체격의 한국인.

여자와 노인은 서로 이야기를 나누며 모자를 눌러쓴 채 벤치에 몸을 웅크리고 앉아 있는 해주를 지나쳤다. 그러더니 베르크가 한눈에 내려다보이는 정원 끝 벤치에 앉았다. 다행히 산책로에는 해주 말고도 서너 사람이 더 서성거리고 있어 해주의 움직임이 크게 눈에 띄지 않았다.

처음에는 여자가 말하고 노인이 고개를 끄덕이는가 싶더니, 이후엔 대부분 노인이 말하고 여자가 고개를 끄덕였다. 각

각의 단어들이 공기 중에 흩어져 그것을 의미 있는 문장으로 엮어내기가 아주 쉽지는 않았다. 그들이 나누는 대화를 더 자세히 들어보고 싶었다. 위험한 줄 알면서도 그랬고, 혹은 위험할 일이 없을 거라는 생각도 들었다. 해주는 조금 더 적극적으로 그들 곁으로 다가갔다.

두 사람의 목소리가 또렷하게 들리자 해주의 얼굴에도 화색이 돌았다. 한국어였다. 해주는 독일어와 영어를 알아들을 수 있었지만 잘해야 중급 수준인데다가 어쨌든 외국어였고, 낯선 언어들 사이에서 명료한 한국어가 튀어나오면 반갑기 그지없었으므로, 한국어를 사용하는 그들의 말은 선명한 의미를 지닌 단어들과 함께 차츰 또렷해졌다.

"아이는 잘 있니?"

노인은 여자를 바라보며 물었다. 작은 몸집에 비해 목소리가 맑고 높았다.

"걱정하지 않으셔도 괜찮을 것 같아요."

여자의 대답 뒤에 노인은 작은 숨을 뱉었다. 그러곤 주름진 손을 담요 위에 놓고 차분히 쓸어내리며 또박또박 답했다.

"고생을 좀 해주렴. 송이가 우리에게 남긴 유산이라고 생각하고."

"네."

해주는 그들의 대화를 듣는 짧은 순간에 많은 것을 알아낼수 있었다. 그 아이가 윤송이의 아이임이 확실하다는 것과, 그들이 윤송이의 아이를 보호하고 있다는 것. 그리고 그들이 그일을 일종의 책무로 느끼고 있다는 것. 여자를 향해 손을 뻗던아이 얼굴이 선명하게 떠올랐다.

곧이어 기억난 것은, 뵐러의 연구실에서 봤던 2분이 채 안되는 뉴스 클립이었다. 그들은 어째서 베르크에 아무런 연고도 없는, 탈북자의 아이를 돌보고 있는 걸까. 무엇이 그들을이토록 질긴 인연으로 얽어두었을까.

용준에게 가장 치명적인 약점은 동생 준희였다. 용준과 이런저런 시간을 쌓아가며 서로에 대해 어느 정도 알게 되었을즈음, 용준은 동생 준희의 이야기를 해주었다. 용준이 먼저 탈북을 감행했고, 그 후에 준희도 용준을 따라 중국을 통해 한국에 들어오기로 했었다. 용준이 브로커에게 천만 원 정도를 미리 지불해 준희가 중국에 잘 도착했는데, 문제는 준희를 그다음 국가로 보내주기로 약속했던 중국 브로커가 그녀를 어느시골의 쉰 살 먹은 중국인에게 보내버렸다는 거였다.

그 이야기를 하면서 용준은 눈물을 왈칵 쏟았다. 장마당에서 만났던 브로커의 인상착의를 묘사하며 해주에게 이런 놈들을 잡을 수 없느냐고 채근하더니, 중국으로 넘어간 날 겪었던 이야기를 들려주면서 평평 울기 시작했다. 한국에 들어오는 과정 중에 얽혀 있는 브로커가 수십 명은 되었으므로, 사실 처음이나 마지막 브로커가 누군지 알고 있다고 한들 소용없는 일이었다.

용준은 해주에게 중국으로 전화를 좀 해달라고 부탁했다. 스카이프는 되기도 하고 안 되기도 한다면서, 전화를 걸어보고 싶은데 제 스마트폰으로는 중국으로 전화하는 게 불가능하다고 했다. 처음 그 부탁을 들었을 때, 해주는 용준의 얼굴을 뚫어져라 보고 있다가 스마트폰을 건넸다. 그건 용준이 해주에게 했던 거의 유일한 부탁이기도 해서, 기꺼이 돕지 않을 수 없었다. 용준이 자신에게 무언가를 부탁해줘서 고맙기까지 했다.

전화를 받아든 사람은 준희가 아니었다. 호방한 기운이 완연한 중국 남자였다. 말문이 막힌 용준이 머뭇거리며 준희를 바꿔달라고 한국어로 말하자 잠시 침묵이 돌았다. 긴장으로 손가락을 떨던 용준은 준희 목소리를 듣자 마음이 탁 놓였는지 스르르 눈물을 흘렸다. 해주는 광대를 따라 흐르는 눈물을 손으로 자꾸만 훔치는 용준을 보면서 가슴이 턱 막히는 것 같았다.

해주는 용준이 준희와 전화하는 일을 몇 번인가 도왔었다. 그러던 어느 날 전화를 끊은 용준이 멍한 얼굴로 가만히 있다가, 중국에 있는 준희의 목소리가 영 좋지 않다고 말했다. 용준은 해주에게 동생을 위해 한국으로 오는 비행기표를 구해줄 수 있느냐고 물었다.

"비행기표야 얼마든지 구해줄 수 있지만, 준희가 한국에 들어오는 게 쉬운 일이야?"

해주는 그렇게 말한 뒤 용준의 어깨로 시선을 내렸다. 불운을 담보로 수없이 많은 짐을 지고 다녔을 그 어깨를 지켜보는 해주의 마음은 괴로움에 가까웠다. 용준은 세차게 고개를 저었다. 해주도 용준도 이미 잘 알았다. 준희는 중국에서 철저히 신분을 숨기고 살아야 하는 불법체류자였고, 이제 막 임신을 한 입장에서 위험 부담이 큰 한국행을 선택하기도 어려운 일이었으며, 공안 검문에 걸리면 북한으로 송환될 가능성이 더 높았다.

그때 용준은 해주에게 자신과 더 엮이면 계속 이런 일들을 해줘야 하는데, 좋을 일이 뭐 있겠느냐고 물었다. 그렇게 말해놓고도 용준은 그런 종류의 도움이 필요할 때마다 해주에게 전화를 해왔다. 해주가 용준을 거부한 적은 없었지만, 용준은 해주가 용준의 연락을 피하지 않는다는 사실만으로도 미안해했다. 그때의 용준이, 슬퍼하고 절박해하다가도 벌떡 일어나 삶의 현장으로 기꺼이 자신을 내던지는 용준의 모습이, 해주는 그립다. 평생 잊지 못할 것처럼 아쉽다.

❖

해주는 요양원에서 나와 걸었다. 윤송이 사건 현장이 지척이었다. 베르크의 인구는 2천여 명 정도인데, 빈덴은 인구기 10만여 명 정도는 되었다. 해주가 서 있는 곳은 그 두 도시가 맞닿아 있는 곳이었다. 베르크로 가려면 무조건 이곳, 빈덴의 서북부를 지나야 했다.

요양원을 둘러싼 옹벽 밖으로 나와보니 중앙역이 지척인 빈덴의 거리에는 외국인들이 제법 눈에 띄었다. 독일의 대대적인 난민 수용 이후 도시에서 이주민이나 난민들을 쉽게 볼 수 있게 됐다고 들었는데, 예상했던 것보다 그들과 마주치는 횟수가 훨씬 잦았다. 불안한 시선으로 허공을 쏘아보는 남자, 한쪽 살대가 부러진 우산을 받쳐들고 중얼거리며 같은 곳을 좌우로 이동하는 여자, 암호 같은 말을 주고받는 젊은 남녀. 프랑크푸르트에서 출발해 베를린을 거쳐 뮐러 박사를 방문하고 베르크에 오기까지, 어느 역 앞에서 해주가 마주친 무리가 독일어를 쓰지 않는 사람들뿐인 적도 있었다. 그 낯선 역에서 해주는 자신이 어디에 서 있는지 다시 한번 생각해봐야 할 정도였다.

돌이켜보니 뷜러 박사를 처음 만나러 가던 날에도 유독 그랬다. 뷜러는 동서독 통합에 관한 연구물을 많이 낸 연구자였다. 연구를 해보니 결국 물리적인 통합보다 중요한 게 사람 간의 연대라는 것을 알게 되었고, 디아스포라의 삶이나 이것으로 벌어지는 사회현상에도 관심을 갖게 되었다고, 뷜러의 인터뷰에서 읽은 적이 있다.

뷜러의 논문에는 통일 이후 독일 사람으로서의 고뇌, 같은 피를 나눈 형제들의 싸움 같은 개념어들이 등장했다. 마침 남북한 갈등에 관해 연구하려던 해주는 언젠가 꼭 한번 그를 만나보고 싶다고 생각했었다. 그렇게 1년 넘게 뷜러와 메일로만 이야기를 나누던 해주는 학교에서 장학금 조로 150만 원을 지원해준다는 소식을 듣고 비행깃값 정도는 되겠다 싶어 뷜러를 만나겠다는 야심찬 계획을 갖고 무작정 독일로 오게 된 것이다.

해주는 뷜러를 만나기로 한 김에 뷜러의 논문을 몇 부 더 찾아 읽었다. 통일 후 동독 주민들은 괴이한 열등감에 갇혀 스스로를 서독보다 못한 2등 주민으로 일컬었다. 얼마 전 무대에 오른 연극에서도 언급되었는데, 동독 출신인 해주 또래 젊은 이들도 겪고 있는 내적 갈등이라고 했다. 그러니 독일은 통일 이후 30년이 지난 지금까지도 비슷한 갈등을 겪고 있는 거다. 대체 출신이나 성분이나 뿌리 같은 것이 뭐가 그렇게 중요하다는 말인지. 동독인들의 열등감에 대한 자료를 읽을 때마다, 해주는 용준을 떠올렸다. 그래서인지 세상의 불운을 다 껴안은 것 같던 용준의 어깨를 지켜볼 때의 괴로움은 막막함이나 참담함 같은 것으로 변해갔다. 그럼에도 동독 정부가 세운 장벽을 뚫은 게 다름 아닌 동독 사람들이라는 것, 통일은 동독인들에 의해 강력히 요구되었다는 사실을 어떻게 받아들여야 할지 모르겠다고, 역사는 희망과 절망의 반복이라고, 해주는 생각하기도 했다.

이게 해주가 독일까지 오게 된 이유였다. 해주는 30년이 지난 지금 두 독일이 어떤 모습으로 살고 있는지 살펴보고 싶었다. 한국인들과 탈북자들의 문제에 접근하는 데 조금이라도 도움이 되지 않을까, 하는 생각 때문이었다. 누군가 남북한 통일 방법에 대해 연구하느냐고 물어본 적이 있었는데, 해주는 용준과 탈북 문제만으로도 충분히 머리가 복잡했으므로, 거기까지는 생각조차 해본 적 없다고 잘라 말했다.

아무튼 그런 것들을 직접 마주하려면 독일어 자료들도 읽을 수 있어야 해서, 해주는 독일어까지 직접 배웠다. 아무리 외워도 외워지지 않는 독일어 단어를 머릿속에 집어넣는 데 애를 좀 먹었다. 하지만 그런 수고는 아무렇지도 않았다. 용준이 세상에 없는 이제서야 그런 일들을 진지하게 고민하게 되었다는 사실이 해주에게 주는 죄스러움에 비한다면, 그런 일은 정말 아무것도 아니었다.

✿

윤송이 사건 현장의 첫인상은 삭막했다. 호젓한 햇살이 듬성듬성한 나뭇잎 사이로 퍼져 땅으로 스며들었다. 무리 지은 바람이 나무 사이로 가끔 거칠게 불었다. 사건이 종료된 탓인지 뉴스에서 봤던 폴리스 라인은 사라지고 없었다. '이 건물은 더 이상 사용되지 않는다'며 주의를 주는 팻말이 하나 세워져 있었다. 나무로 만들어진 팻말은 바닥에 단단히 박혀 있었지만, 출입이 금지되어 있다는 말은 없었으므로 정문 안으로 들어가기가 어렵지는 않았다. 안쪽으로 들어가면 정원이, 그 뒤에는 9층 정도 높이의 공동주택 건물이 보였는데, 창문이 다 깨져 멀리서 보면 흉물스러웠고 외벽은 해어진 듯 시멘트가 부서져나오고 있었다. 시멘트 잔해들은 땅에도 제멋대로 굴러다녔다. 한쪽 벽에는 뜻 모를 글자들이 그라피티로 적혀 있었다.

세월의 무게를 견디며 고목처럼 서 있는 건물은 이미 폐가였다. 동독이 서독 체제로 흡수되었을 때, 집을 소유할 자본이 없었던 사람들이 살던 집을 방치한 채 일자리를 찾아 서독으로 넘어간 탓이었다. 통일된 지 벌써 서른 해를 넘겼지만, 이런저런 이유로 동독 땅 위에 공허하게 비어버린 건물을 지금도 심심치 않게 볼 수 있었다. 해주는 다시 궁금했다. 과연 동독인들은 자멸의 길로 들어섰는가. 통일은 최선일 수 없는 선택이었나.

해주는 건물로 들어가는 입구를 찾았다. 입구에는 다시 한 번 경고하듯 끝이 녹슨 철제판이 꼿꼿이 서 있었다. 안으로 들어갔다. 아직 오후였지만 빛이 거의 사라져 어두웠고 코끝에 시큼한 화학약품 냄새가 돌았다. 무언가 썩는 듯한 냄새가 공기 중에 퍼져나가는 것처럼 몸의 감각을 찔러댔다.

중앙 계단을 통해 한 걸음을 내딛었다. 바람이 훅 몰아쳤다. 쿵. 제 발소리에 스스로 놀라 멈칫했다가 다시 계단을 올랐다. 그렇게 몇 번의 회전이 끝나고 나서, 해주는 건물의 가장 위층에 도달해 있었다. 다른 층처럼 가장 위층도 집들마다 현관문이 다 열려 있거나 방치된 채였는데, 열린 문틈으로 새어나온 빛이 복도로 흘러드는 집이 유독 눈에 띄었다. 아직 폴리스 라인도 남아 있어 알아보기 쉬웠다. 해주는 그곳을 향해 갔다. 집 안 곳곳에는 시멘트 벽 사이로 철근이 부서진 생선가시처럼 뾰족하게 튀어나와 있었다. 방의 쓰임을 한 번에 알아보기 힘들 정도로 각종 잔해들이 바닥에 나뒹굴었다. 해주 상반신만 한 크기의 창문 쪽에는 무언지 알 수 없는 검은 흔적이 남아 있었고, 그 주변으로 흙덩이가 모여 있었다. 열린 창틈으로 바람이 불어 마른 모래가 한꺼번에 흩날렸다. 해주가 창밖 아래를 내다보며 고개를 숙였다.

위에서 바라본 그곳은 거대한 네모였다. 원래 용도가 실내 풀장처럼 보이는, 깊고 거대한 네모. 땅이 말라 갈라지고 방치되어 곳곳이 부서지고 깨져 있었다. 그곳에 윤송이가 떨어져 죽었다.

깊이를 알 수 없는 네모, 끝을 알 수 없는 도형, 뒤를 알 수 없는 죽음.

윤송이는 이곳에서 어떤 모습으로 떨어졌을까.

혼자서 떨어졌다면 갑자기 뛰어서, 수영장에 뛰어들듯 아래로.

그게 아니라면 누군가에게 내몰리듯 뒤에서 쿵.

해주는 그렇게 윤송이의 마지막을 생각하며 윤송이를 연기하듯 제 몸을 천천히 바깥쪽으로 내몰았다. 갑자기 격렬하게 부는 바람이 몸을 흔들어 해주는 고개를 번쩍 들었다. 해주의 기억에서 못내 잊히지 않는 사람은 윤송이가 아니라 김용준 이었다. 바람이 화난 듯 씩씩대며 불었다.

3장

해주는 다음날 윤송이의 집 앞에 다시 한번 섰다. 한낮을 넘긴 오후라 온화한 빛이 감돌았고, 한 번 가봤던 길이라 그런지 이번에는 조금 더 쉽게 느껴졌다. 해주는 그 주택 건물의 맞은편 건물 앞에 서서 3층을 주시하고 있었다. 저들 사이에 자연스럽게 흡수되듯 들어가는 방법이 없을까. 이게 일종의 '조사'라는 것을, 저 안에 있는 사람들 누구도 눈치채지 못하도록 할 좋은 방법. 해주는 그런 생각을 하면서 3층을 올려다보는 중이었다.

현관문은 굳게 잠겨 있었다. 어제와는 다르게 골목 사이를 밝은 햇살이 비추고 있었다. 해주에게 이런 데 오지 말고 다른 곳이나 여행하라고 핀잔을 주던 그 남자를 다시 만나면 어쩌나 싶은 마음도 있었는데, 그 남자조차 몇 시간째 집 앞을 지나는 일이 없었다. 별일도 별 재미도 없이 해주는 그 앞에 서서 무슨 변화가 있는지 지켜봤다. 간간이 뒤쪽 숲으로도 가봤지만 3층 창문은 요지부동이었다.

버틸 대로 버티고 있던 해주가 출출해져 근처 슈퍼에서 사온 샌드위치를 막 뜯어 입에 넣던 찰나, 고등학생 정도로 보이는 십대 한국인이 그 집으로 다가와 정문 호출벨을 눌렀다. 회색 맨투맨 티에 무릎 위로 한참 올라오는 반바지를 입은(해주는 정말로 춥지 않느냐고 물어보고 싶었다) 그 애는 제 머리보다 한참 큰 하얀 소니 헤드폰을 귀에서 떼어내 목에 걸었다. 잠시 후 정문이 열리자 헤드폰은 긴 머리를 뒤로 한번 젖히더니 고개를 살짝 돌렸다.

이때다 싶었던 해주는 한 입 먹은 샌드위치를 그대로 바닥에 내동댕이친 채 헤드폰을 따라나섰다. 출입구 앞에서 해주와 헤드폰은 서로 마주 보았다. 헤드폰이 신경쓰지 않겠다는 듯 해주에게서 시선을 돌렸다. 주의를 끌어볼 참으로 해주가 인사하듯 손을 들어 보였는데, 이미 헤드폰은 정문 안으로 들어서는 중이었다. 해주는 자신을 지나쳐 간 헤드폰의 모습을 보면서 어떻게 해야 할지 몰라 머리만 긁적이다가 문이 닫히기 직전에 무작정 안으로 들어갔다.

예상했던 대로 이 건물은 안쪽이 좁고 위로 길었다. 헤드폰은 가벼운 걸음으로 계단을 오르는 중이었는데, 자신을 따라 들어온 해주를 흘끗 보더니 갸우뚱거리며 올라갔다. 그러더니 걸음을 조금 옮기다 말고 다시 멈춰 서서 고개를 돌려 해주를 살폈다. 해주는 생각지도 못한 헤드폰의 눈빛에 놀랐지만 태연한 척 어깨를 으쓱했다. 사실 뭐라고 해야 할지 말을 다 고르지 못한 상태였다. 혹시 윤송이를 아는지, 어디 가는 건지 같은 질문들. 그런데 헤드폰이 갑자기 해주를 향해 완전히 돌아서더니 씩 웃으며 물었다. 반갑고 유창한 한국어로.

"새로 사람이 올 거랬는데, 아저씨예요?"

해주는 얼떨결에 고개를 끄덕였다. 말의 의도는 제대로 파악하지 못했지만 적어도 한국어 문장이 의미하는 바를 정확히 이해할 수 있었다.

"근데 왜 말을 안 하고 서 있기만 해요. 3층이에요. 올라와요."

해주는 멋쩍게 웃었다. 뭐라고 해야 하나. 네가 찾는 그 사람은 아닐 거라고 말하고 서둘러 나가야 하나.

"지금은 앞 타임 노 선생님만 계실 거예요. 차라리 노 선생님이랑 같이 시작하시면 좋았을 텐데."

새로운 사람이 온다는 것과 그 사람이 뭘 한다는 것. 그걸이 헤드폰과 함께 시작해야 한다는 것쯤은 충분히 추측할 수 있었다. 그런데 단 하나, 아직 삼십대 중반이니 아저씨는 아니라는 건 짚어주고 싶었다. 그 와중에 헤드폰은 해주에게 빨리 문을 닫아야 한기가 들어오지 않는다고 충고까지 했다. 아 씨, 여기 너무 추워,라는 말도 함께. 어쨌든 손해 볼 것 없는 마음으로 해주는 서둘러 문을 닫고 헤드폰을 따라 계단을 올랐다. 헤드폰이 말하는 누군가가 중간에 갑자기 등장한다고 해도 적당히 눙치며 발을 빼면 될 일이었다.

근처 김나지움에 다닌다고 자신을 소개한 헤드폰의 이름은 정민진이었다. 처음에는 교환학생으로 독일에 왔고, 베르크에는 이모 때문에 오게 되었고, 한국에서 그는 라벤더 축제로 유명한 신안의 한 섬에 살고 있으며(여기나 거기나 사람 적고 풍경 좋고 심심한 건 비슷하다고 넉살을 부리기도 했다), 이곳에 머문 지는 1년이 조금 넘었다고 했다. 해주는 낯선 사람에게 별 경계를 두지 않고 조심성도 없는 민진이 단박에 마음에 들었다. 민진은 이모로부터 새로운 사람이 온다는 사실을 미리 들었다고 했다. 해주가 한국인, 혹은 한국어를 쓰는 삼십대 남성이라는 것만 보고도 누구인지 알겠다는 듯 민진은 척척 안내를 시작했다.

"이 동네는 워낙 노인네들이 많아서 이든이 보는 게 정말 만만치 않은 일이었는데, 아저씨가 온 것만으로도 너무 잘됐어요. 한 타임은 세 시간인데, 물론 밤에는 우리 이모가 주로 있지만요, 암튼 어른 양반들이 이런저런 일들을 시켜놓고 가버리기도 해요. 그런데 사실 대부분 별게 아닌 귀찮은 일들이에요. 뭘 날라놓으라거나, 인터넷으로 주문해놓으라거나."

워낙 속사포였지만 꽤 알아듣기 좋은 발음이었다.

"저는 두 시간 후에 한글학교에 가봐야 하니까 아저씨가 나머지 한 시간만 혼자 봐주면 돼요."

"네, 그래요."

해주가 말했다. 아저씨는 아니라는 점을 강조하고 싶었지만 끝내 하지 못했다. 엄밀히 말해 민진이 해주보다 이 구역 선배니까, 쉽게 반말을 찍찍 뱉을 수도 없는 일이었다. 어정쩡한 분위기 속에서 계단을 딛는 두 사람의 발소리만 울렸다. 3층에 민진의 발이 닿자마자 오른쪽 집 문이 확 열렸다. 해주는 순간적으로 현관 반대쪽 벽에 붙어 몸을 가렸다. 검은 모직 코트를 입고 자줏빛 모자를 쓴 노인이 복도로 나오며 민진에게 알은체하더니, 오후에 있었던 일에 대해 말했다.

아이가 점심에 밥을 얼마나 먹었는지, 잠은 얼마나 잤는지, 얼마나 잘 놀았는지. 해주는 눈에 띄지 않도록 주의하며, 현관문에 거의 붙다시피 서서 노인이 하는 말을 들었다. 노인은 신이 났는지 톤을 한껏 높여 이러쿵저러쿵 이야기하더니, 다른건 다 노트에 써뒀다고 했다.

"그리고 말이야, 아마존에서 아이 옷을 좀 더 사주면 좋겠어. 언니한테 말씀드렸으니까 카드 주실 거야."

민진은 그 이야기를 들으면서 그다지 다정하지 않은 눈빛으로—그렇지만 적당히 호의를 지키며—고개를 끄덕였다. 해주의 심장이 쿵쾅댔다. 두 사람에게 걸릴 수도 있다는 가능성에 초조해서라기보다 윤송이의 아이를 보는 순간이 얼마 남지 않았다는 사실 때문이었다.

노인이 서둘러 갈 길을 가자(아이고, 늦어버렸네! 하는 노인의 목소리가 들려왔고, 민진도 어서 가시지 뭐 하느냐고 채근했다), 이윽고 민진이 집 안으로 들어갔다. 해주는 그 장면을 흘낏 보면서도 쉽게 따라 들어가지는 못했다. 현관문이 천천히 닫히고 있었다. 집 안으로 들어갈 용기가 나지 않았다. 천천히 닫히는 문을 바라만 보고 있었다.

닫힌 문을 보는 마음엔 무모함과 비장함이 혼란스럽게 뒤섞여 있었다. 여기까지 왔는데 저 문을 뚫지 못할 이유가 있나 싶은 비장한 마음과, 미친 짓을 시작했다는 무모한 마음. 이미 잃을 게 없는 상태에서 실패할 게 어디 있겠느냐만, 그런 가벼운 마음은 당장 이 정신 나간 짓에 가담하는 데 큰 도움이 되지 않았다. 이 문을 열면 거대한 소용돌이에 말려들 것 같은 기분이 들었다. 겨우 나무로 만들어진 문에 불과했지만, 이 문을 열어젖히면 어떤 거대한 일이 해주의 앞에 당도할 것만 같았다. 결국 해주는 아무것도 하지 못한 채 가만히 서 있었다.

보지 않으면 알 수 없고, 모르면 편하다. 해주는 그 말이 어떤 뜻인지 이미 안다. 용준이 했던 말이기 때문이다. 삶에서 갑자기 벌어지는 일들은 원치 않는 타이밍에 끼어드는 경우가 더 많다. 원하든 원하지 않든, 의지와는 별개로 어떤 사건이 나를 이미 점찍어 두었다는 듯이. 우아하고 갑작스러운 밀물처럼 나에게 몰려온다.

그때 해주 앞의 짙은 갈색 문이 열리더니 민진이 얼굴을 빼꼼 내밀었다.

"아저씨 안 들어오고 거기서 뭐 하는 거예요."

팔다리가 가늘고 깡마른 몸이었지만 민진은 해주가 만나본 사람 중에 성격이 가장 거침없는 축에 들어갔다. 어서 들어오라는 민진의 손짓과 혼내는 듯한 말투가 충돌하는 사이 해주가 끌려가듯 집 안으로 들어갔다.

단단히 마음먹지 못한 상황에서 해주는 민진에게 안긴 윤송이의 아들을 처음으로 가까이 마주했다. 통통한 손가락, 살이 붙어 토실한 손목과 팔뚝, 둥글고 하얀 얼굴. 아이는 확실히 사진 속 윤송이를 닮아 있었다. 해주는 아이에게 선뜻 다가가지 못했다. 작고 가늘어 만질 수조차 없는 몸. 그 상황에서 해주가 할 수 있는 일은 그저 물끄러미 바라보다가 어쩔 줄 몰라 하며 아이를 피해 복도로 서둘러 걸어가는 것뿐이었다.

윤송이의 집은 상상했던 것보다 작았다. 아이용품들로 붐볐지만 정리가 안 된 곳은 없이 구석구석 나름의 질서를 갖추고 있었다. 집 안 곳곳에 한국식 자수품이나 전통공예품이 진열되어 있었다. 윤송이의 물건이 아니라면 한국계라던 집주인과 관련이 있을지 모를 일이었다. 집 현관문을 들어서면 가장 먼저 보이는 게 복도였는데, 복도를 줄기 삼아 방들이 좌우로 줄지어 있었다. 복도 가장 안쪽에는 거실 방으로 들어가는 문이 있다고—처음에 독일에 왔을 때 가장 충격적이었던 게 바로, 거실을 방의 하나로 여기는 것이었다—민진이 이야기해주었다. 복도를 사이에 두고 화장실, 작은 서재, 부엌이 나란히 있었고, 부엌 바로 앞에 있는 가장 큰 방에서 아이를 돌본다고 했다. 거실은 응접실로 사용해서 들어갈 일이 별로 없다고 민진이 말했지만, 해주는 이 집 가장 깊은 곳에 있는 거실 방이 가장 궁금했다. 해주는 검은 동굴 같은 복도의 끝 거실을 물끄러미 보고 있었다. 어딘가 비밀스럽고 음침한 데가 있어 보였다.

민진이 앞치마를 찾아야 하니 이든을 해주에게 넘겨도 괜찮겠느냐고 물었다. 해주는 몇 년 동안 아이를 한 번도 안아본 적이 없다고 말했는데, 민진은 웃으면서 여기 사람들 다들 애들이라곤 20년 전에나 봤을걸요, 하고 말했다. 손 박박 씻고 와서 가만히 안고만 있으면 된다는데, 손 씻는 거야 어려운 일이 아니었지만 거의 강제로 이든의 몸을 받아 안았을 땐 갑자기 어지러움을 느꼈다. 해주는 안 되겠다고, 계속 안고 있다가는 떨어뜨리고 말 거라고 애타게 민진을 찾았다. 민진은 잠시 복도로 나와 해주가 아이를 안고 있는 자세를 살피더니 큰 소리로 충고했다.

"그렇게 붙잡고 있으니까 그렇지. 아저씨 손목으로 이든이 엉덩이를 받치면 되잖아요!"

해주는 민진의 말대로 아이 엉덩이를 손목에 올리고 버텼다. 그러자 아이가 마치 제 스스로 편안한 구석을 찾듯이 해주의 몸에 기댔다. 낯도 전혀 가리지 않나보다.

한쪽 손으로는 아이를 가마 태우고 다른 쪽 손으로는 아이의 어깨를 붙잡은 괴이한 모습으로 해주는 복도에 서 있었다. 거실 방이 아무래도 자꾸 눈에 띄었다. 해주는 그곳에서 서서

히 퍼지는 빛의 줄기를 향해 이미 성큼 걸어가고 있었다. 아이의 온기가 해주에게 금세 전해지며 알 수 없는 공간을 마음속에 만들어냈다. 덕분인지 안정과 공포가 공평한 크기로 해주를 찾아들었다.

딸깍, 소리를 내며 문이 열렸다. 오각형 거실의 한쪽에는 소파와 TV가, 다른 한쪽에는 책이 가득했다. 책장 아래로는 간이 놀이터처럼 레고와 퍼즐이 제멋대로 쌓여 있었다. 놀잇감 옆으로 해주 허리 높이의 흰색 아기 의자가 눈에 띄었다. 크고 작은 화분들, 식탁과 의자 네 개, 벽난로, 흑백 사진이 끼워진 액자.

해주의 발끝은 액자를 향해 있었다. 한 발 내디딜 때마다 액자가 주변 빛을 머금으며 밝아졌다. 액자 안 풍경은 익숙했다. 베를린의 브란덴부르크 문 앞. 사람들이 바삐 오가는 문 앞으로 스무 명은 넘는 한국인들이 결혼식 사진을 찍듯 두 줄로 서 있었다. 언뜻 봐도 20년은 되어 보였다. 사람들의 긴장한 얼굴, 그들이 입고 있는 한복, 낮은 화질.

해주는 사진을 좀 더 자세히 들여다봤다. 키가 큰 남자 한 명이 오른쪽 끝에서 상반신만 한 태극기를 들고 서 있었고 흰색 저고리에 어두운 색감의 한복 치마를 입은 여자들이 가운데 옹기종기 모여 무릎을 구부린 채 앉아 있었다. 왼쪽에 서 있는 남자는 한쪽 눈을 가린 채 가리지 않은 눈을 길게 뜨고 앵글을 응시하고 있었다.

해주의 시선을 사로잡는 게 또 있었다. 보일 듯 말 듯 카메라 쪽을 바라보고 있는 꼬마 아이. '1990년 11월 20일, 독일 한국인 협회 베르크 지부'. 플래카드 끝자락이 바람이 날릴까 손에 꼭 쥔 누군가의 뒤로 조그만 몸을 숨기고 있는, 짧은 머리에 한쪽 눈을 찡그리고 서 있는 대여섯 살쯤 되어 보이는 아이.

사진 속 아이의 모습에 정신이 팔려 있는 동안 품에 안겨 있던 아이도 같은 것을 보고 있다는 걸 알아챈 해주는 아이에게 부탁하듯 말을 걸었다.

"저기 잠깐만 앉아 있을래?"

아이가 고개를 끄덕였다. 해주의 물음에 대한 답이었다기보다, 자세를 고치는 해주의 움직임에 자연스럽게 동요된 것이었다. 해주는 때를 놓치지 않겠다는 듯 아이에게 말했다.

"좋아. 의자에 잠깐만 있어. 아주 잠깐만."

그렇게 말한 뒤 아이를 품에서 떼어내 의자로 옮겼다. 아이의 온기가 사라지자 갑자기 공허한 바람이 해주의 맨살을 스치고 지났다. 넌 정말 부드럽고 따뜻하고 작은 인간이네. 해주가 그렇게 혼잣말했는데, 그 순간 아이가 해주를 보고 생기가

돌듯 빙그레 웃었다. 귀엽다, 너. 그렇게 말하던 해주는 뒤에
있는 서랍장으로 우연히 시선을 옮겼다. 그곳에는 앨범이 꽂
혀 있었다. 그중 굉장히 얇지만 뾰족 튀어나온, 유독 시선을
끄는 흰색 앨범이 있었다. H. S. S라는 스티커가 모서리의 끝
에 붙어 있었다. 강력한 암호처럼 느껴졌다. 해주는 손을 뻗어
앨범을 꺼냈다. 해주의 행동 하나하나에 아이의 얼굴 방향이
바뀌었다.

앨범에서는 나무껍질 냄새가 났다. 한 장을 넘기자 출생 정
보가 적힌 낡은 카드가 있었다. 흰색 종이가 바래 노란빛이 돌
았다.

홍성수
1983년, 함경북도 청진 출생

해주는 다음 장에 붙어 있는 컬러 사진 속 홍성수의 얼굴에
서 눈을 떼지 못했다. 해주는 그 얼굴을 물끄러미 바라보다 고
개를 위로 들었다. 1990년 11월 브란덴부르크 문 앞에서 찍은
사진 속에 있는 아이. 왼쪽 눈을 살짝 찌푸린 채 웃고 있는 표
정까지 둘은 닮아 있었다. 앨범 그다음 장을 막 넘기는 순간
거실 문 열리는 소리가 들렸다.

"아저씨, 뭐 해요?"

민진은 역시나 거침이 없었는데, 해주는 그 목소리에 깜짝
놀라 주저앉을 뻔했다. 고개를 들었을 때 민진은 하얀 무민이
그려진 보라색 앞치마를 두르고 해주에게 무언가를 건네고
있었다. 받으라는 듯 손을 두어 번 더 해주 쪽으로 밀며 민진
이 꾸중하듯 말했다.

"지금 놀고 있을 때가 아니라고요."

해주가 민진을 올려다보면서 물었다.

"이게…… 뭔데요?"

민진은 해주에게 건네던 물건을 활짝 펼쳤다. 허리 뒤로 묶
어 고정하는 끈이 달린 짙은 갈색 앞치마였다.

"앞치마요."

그게 뭔지 몰라서 물어보는 게 아니라……라고 말하려다가
해주는 생각을 바꿨다.

"그걸 왜 주는데요?"

"왜긴요. 일을 해야 하니까요. 오후에는 이든이 유아식을 만
들어야 하니까 아저씨가 그것 좀 만들어줘요."

단단한 표정과 당당한 말투. 민진은 나중에 아마 큰 사람이
되리라. 주눅 든 해주가 기어들어가는 목소리로 물었다.

"유아식이…… 뭔데요."

민진의 표정이 순식간에 풀렸다. 해주가 완전 초보인 걸 이제야 알았다는 듯, 선처를 해주겠다는 여유로운 표정이 되었다.

"이유식은 젖 뗀 아이들이 미음처럼 먹는 거고요, 유아식은 성인이 먹는 밥에 간을 좀 덜하는 거고요."

해주는 고개를 끄덕이고 있었지만 이해를 다 하지는 못했다. 그런 해주를 민진은 천진한 표정으로 살피더니 대꾸했다.

"괜찮아요. 저도 처음에 그랬어요. 다 배우는 거니까요."

뭐라고 감사를 드려야 하나.

"아무튼요, 어차피 아저씨 손이 놀고 있잖아요. 슬렁슬렁 집 구경할 거면 그만두고 이든이 식사를 챙기든지, 아니면 이든이랑 놀아주든지 결정하시면 돼요."

민진은 성품이 꼬여 있지 않았다. 궁금한 건 묻고, 관련 없는 것까지 의심하지는 않는, 앞뒤가 다르지 않은 아이였다. 해주는 민진이 꿍꿍이 없는 사람처럼 느껴져 좋았다. 그중 가장 좋은 건 민진이 해주에게 별다른 질문을 하지 않는다는 거였다. 그 영리한 십대는 정말이지 해주에게 이런 것 저런 것을 하나도 물어보지 않았다. 민진이 꼬박꼬박 붙이는 아저씨라는 호칭이 마음에 들지 않는 걸 빼면, 다 좋았다는 말이다.

해주는 이든의 얼굴로 고개를 돌렸다. 이든아. 아이의 이름이 낯설어 다시 한번 불렀다. 해주의 말을 알아듣는 것처럼 아이의 고개가 갸웃했다. 동그란 얼굴에 붙어 있는 마름모 입술이 해주를 향해 무언가 말을 하는 것처럼 오물거렸다. 뭐가 기쁜지 해주를 보면서 작은 발을 동동 구르기도 했다. 더럽고 해한 것에 닿아보지 않은 조그맣고 따뜻한 생명. 해주는 고개를 들고 민진을 향해 말했다.

"밥을 하겠습니다."

민진은 이야기를 듣자마자 냉동실에 소분한 소고기가 있을 테니, 소고기뭇국이나 미역국을 끓이고 계란프라이 같은 걸 할 수 있겠느냐고 되물었다. 필요한 재료들은 부엌에 거의 다 있을 텐데, 없으면 집에서 5분 정도 걸으면 되는 한국인 마트에 가서 장씨 아저씨를 찾으면 된다는 것도 알려주었다. 영리한데 일이 빠르고 냉철한 데도 있었다.

"그런데 음식을 잘 못합니다."

"저도 음식은 잘 못해요. 아저씨나 저나 수준이 비슷하다는 거죠."

해주는 손에 아직 쥐고 있던 앨범을 덮어 꽂아두고, 민진이 건네는 갈색 앞치마를 허리에 둘렀다. 아무 말 없이 시키는 대로. 그러고는 부엌으로 가서 뭇국과 미역국 중에 어떤 것을 시도해볼지 고민하다가, 어쩐지 미역국보다 쉬울 것 같은 뭇국을 선택했다.

누군가를 위해 음식을 만드는 건 태어나 처음 해보는 일이었다. 보드랍게 갈라지는 마름모 입술 사이에 넣을 건강하고 따뜻한 음식을 제 손으로. 싱크대 앞에서 머뭇거리다가 냉동실 문을 열었더니 민진의 말대로 플라스틱 통에 담긴 국거리용 소고기가 켜켜이 보관되어 있었다. 그제야 냉장고 옆 벽에 붙어 있는 메모지들이 눈에 띄었다.

메모지마다 이든이 취향에 맞춘 음식의 요리 난이도가 별표로 표시되어 있었다. 스티커 옆에는 언제, 어떻게 먹었는지 간단하게 적혀 있었고, 자세한 건 일지를 참조하라는 문장도 있었다.

소고기뭇국의 난이도는 별 한 개 반이었다. 냉동실에서 얼음 조각만 한 국거리용 소고기를 꺼내 해동하는 동안 작은 통에 들어 있는 무 한 조각을 꺼내 썰었다. 냉장고를 뒤지다가 양념통 몇 개도 찾았다. 간 마늘과 간장이었다.

어느새 민진이 이든을 품에 안고 주방 문 앞에 서 있었다. 아이도 해주를 보며 눈을 끔뻑거리고 있었다. 어려운 것은 없는지 묻더니, 민진은 싱크대 위에 올려둔 양념통을 보며 놀라 소리를 높였다.

"아이 밥에 누가 매운 걸 넣어요."

한심하다는 기색이었다. 아이는 민진의 품에 안겨 여전히 눈을 끔뻑거리는 중이었다.

　요리는 순조롭게 끝났다. 민진의 지시대로 프라이팬을 꺼
내 소고기와 무를 볶고, 음식이 타지 않도록 잘 저은 뒤, 화력
을 천천히 높여 멸치육수를 조금씩 부어 밥을 불렸다. 어찌어
찌 민진의 말을 듣고 따라하다 보니, (민진이) 원하는 모습의
결과물이 만들어졌다. 요리라는 게 하다 보면 느는 거라고 민
진이 거들먹댔다. 맑은 국물을 휘휘 저으면서 민진의 이야기
를 듣고 있던 해주는 이윽고 찾아온 침묵을 놓치지 않고 물
었다.

　"근데,"

　민진은 해주의 말을 어떻게 들어줄까?

　"거실에 있는 그 커다란 사진 말이에요."

　민진이 어떤 걸 말하느냐는 눈빛으로 해주를 바라봤다. 어
떻게 시작해볼까. 젊은 여자가 아이와 함께 살았던 집 치고는
낡은 물건이 많이 있더라는 말을.

　"벽에 붙어 있는 사진. 그거 이상하지 않나? 윤송이는 1990년
생인데 왜 1990년에 찍은 사진이 있느냐는 말이지. 윤송이는
찍히지도 않은 사진이."

　민진은 해주가 가리키는 방향으로 고개를 돌리더니 아, 그

거야…… 하고 혼잣말하듯 중얼거렸다. 민진은 생각 끝에 놀란 표정이 되어 해주에게 물었다.

"아저씨가 송이 언니를 만난 적이 있어요?"

민진은 해주가 이곳에 새로 등장한 인물이라고 생각하고 있었다. 그런 민진을 복잡하게 만들 수는 없는 일이지만, 해주의 머릿속은 계산으로 분주했다. 민진이 윤송이와 어느 정도의 친분을 쌓았는지 모르는 상태인데, 윤송이와 어느 정도로 알고 지냈다고 해야 윤송이에 대한 이야기를 듣기에 유리할까.

"물론 나는 여기 온 지 얼마 안 되어서 윤송이를 개인적으로 알기에는 시간이 부족했지만……"

해주는 윤송이의 둥글고 무해한 얼굴을 떠올리며 답의 방향을 결정했다.

"만난 적이 있죠."

이제부터 민진에게 해주는 윤송이를 만나본 적이 있는 사람이어야 했다.

"언니랑 잘 아는 사이였어요?"

"뭐…….."

해주가 고개를 끄덕이며 말끝을 흐렸다. 집 안의 공기가 순간 비밀스러운 적요로 가득 찼다. 민진은 구체적인 대답을 기다린다는 듯이 눈을 더 동그랗게 뜨고 해주를 바라봤다. 민진의 품에 안긴 이든도 해주를 물끄러미 바라보고 있었다. 이 순한 성격의 아이는 도무지 우는 법을 몰랐다.

"송이가 알바하던 식당에서 몇 번 본 사이인데, 집에 와볼 일은 없었으니까."

해주는 침을 꿀꺽 삼켰다. 더 이상 어떻게 대처해야 좋을지 감이 없었다. 다행히 민진이 이해한다는 듯 고개를 끄덕거리더니 어색한 기운을 몰아내며 되물었다.

"거실에 있는 사진은 왜 물어봐요?"

그 순간 민진의 눈빛에서 해주는 심상치 않은 두려움을 읽었다. 민진에게 무언가 중요한 게 숨겨져 있을 거라는 생각이, 해주 스스로도 눈치챌 수 없는 사이에 들었다. 해주는 살짝 운을 띄워보고 싶어졌다. 뒤끝 없고 매사가 확실한 민진의 성격이라면. 도박에 가까웠지만 해주는 기회가 온 듯한 느낌을 받았다. 민진에게 친밀하게 부탁하고 싶었다. 말을 놓으면 조금 더 가볍게 대화를 나눌 수 있지 않을까.

"송이 사진을 더 볼 수 있을까?"

"왜요?"

민진의 말투에 경계심이 약간 섞여 있었다. 민진은 분명히 뭔가 중요한 걸 갖고 있을 것이다.

"죽은 친구를 기리는 데 이유가 있나?"

민진은 해주를 향한 눈빛을 거두지 않았다. 그 안에 있는 두려움, 망설임, 물러섬, 그런 것들에 대해, 해주도 잘 알고 있었다. 이든은 말간 얼굴로 해주를 보고 있었다. 민진이 이든을 고쳐 안으며 해주를 등졌을 때, 해주는 이든을 향해 살짝 윙크했다. 해주의 얼굴을 빤히 보고 있던 이든이 살짝 웃어주었다. 입가에는 침도 고였다. 저 아이, 앞으로 엄마 없이 살아갈 아이. 저 아이에게는 세상이 어떤 모습이어야 좋을까. 해주는 문득 생각했다.

"내가 송이를 위해 할 일이 아직 많다고 생각해."

송이를 위해 할 일. 해주는 그 말이 스스로에게 무엇을 계속 각인시키고 있는지 모르지 않았다. 해주는 윤송이 사건을 풀어내면 용준에게도 더 당당해질 수 있을 거라고 생각했다. 용준에게 해주지 못했던 것들을, 윤송이 사건을 통해 보상받고 싶은 거였다.

"그래야 내가 그때 못해줬던 것들에 대한 한이 좀 풀릴 것 같다."

민진은 아이를 잠깐 맡아달라고 말하며 이든을 떠넘기듯 해주에게 안겼다. 아이를 품에 안는 느낌은 여전히 두려움에 가까웠다. 이든이 눈을 가늘고 길게 반달처럼 뜨며 방긋거렸다. 상대가 누구인 줄도 모르면서 환대를 보내는 아이란.

해주가 이든을 안고 모습이 영 쓸모없이 보이지는 않았는지, 민진은 이든을 해주의 품에 맡긴 채 거실로 갔다. 아이의 작은 몸이 해주의 품 안으로 들어왔다. 아까보다 자세가 훨씬 안정되어 있었다. 아직 말은 잘하지는 못했지만 아이는 사람을 구분할 줄 알았고, 해주에게 좀처럼 낯도 가리지 않았다. 다행스러운 일이었다.

"삼촌이 네 밥을 해놨어. 내가 처음 해본 밥이다 너."

해주의 말에 이든이 답하듯 뭐라고 웅얼거렸다.

"진짜야. 태어나서 처음 해본 밥이라고."

젖살 가득한 볼을 해주가 톡톡 건드리자 이든이 꺄륵 소리를 냈다. 아이의 웃음소리가 동심원을 이루며 물결처럼 퍼져 나갔다. 해주가 볼에 대고 바람을 불면 그 입바람 놀이에도 눈을 파르르 떨며 즐거워했다. 해주는 아이의 검은 눈동자를 바라보았다. 세상에, 이렇게 작은 몸짓으로도 너를 행복하게 할 수 있구나. 너는 이렇게나 세상을 아무런 의심 없이 받아들이는구나.

해주와 이든이 얼굴을 맞대고 장난을 치는 사이 민진이 상반신을 넉넉히 가리는 크기의 상자를 하나 들고 부엌에 나타

났다. 민진은 박스를 식탁에 올려놓더니 안에 있는 물건들을 꺼내놓았다. 사진 몇 장이 먼저 밖으로 나왔고, 책과 노트들이 뒤이어 나왔다. 민진이 해주와 이든을 향해 사진 한 장을 내밀었다.

"이든아, 엄마 사진이야. 이것 봐."

사진 속 윤송이를 알아보는 듯 아이가 웃으며 반갑게 소리 질렀다. 해주도 생각했다. 그래 엄마. 네 엄마는 어쩌다 죽었을까?

민진은 윤송이의 다른 사진들도 함께 보여주었다. 학교 잔디밭에서 친구들과 함께 앉아 도시락을 먹고 있는 사진, 짙은 자주색 카디건을 입고 긴 머리칼을 흩날리는 사진, 바닷가에서 이든을 안고 한껏 웃고 있는 사진. 윤송이 뒤로 활강하는 갈매기가 해주의 시선을 끌었다. 그렇게 쿵, 하고 떨어졌을까, 윤송이는.

"송이는 도대체 왜 죽었을까?"

민진이 진지하다 못해 창백해진 얼굴로 해주를 본 뒤 식탁에서 한 발 물러나 싱크대에 기대며 말했다.

"언니는 학교도 다녀야 했고, 바빴어요. 죽을 만큼 우울하지도 않았어요. 책임감 있고 성실했죠."

"내 말이 그거야. 그러니까 송이는……."

민진은 해주의 말이 어떤 의미인지 이미 알고 있다는 듯 고개를 끄덕이며 창문을 내다봤다. 창문 밖 하늘에 뿌연 구름이 뭉게뭉게 떠다녔다. 바깥과 안이 완전히 다른 세계인 듯했다. 둘 사이에 잠시 비현실적인 침묵이 찾아들었다.

"죽인 거죠."

민진의 말이 입술 사이로 터져나오듯 흘렀다. 결빙된 물처럼 민진의 표정은 맑고 단단했다. 그 표정에서 해주는 경계에서 주춤거리던 해주 자신의 모습을 보았다. 뾰족한 갈퀴가 단단히 채워진 마음, 앞으로도 끈질기게 이어질 고통과 불안, 그것을 제어하지 못한 채 치러내야 하는 홍역 같은 몸부림. 왜 민진에게서 이토록 강력한 동질감이 느껴지는 걸까. 해주가 궁금해하는 사이에 민진이 수상한 냄새가 난다고 코를 킁킁대더니 이든을 번쩍 안아올렸다. 민진은 이든의 기저귀에 코를 박고 두어 번 더 냄새를 맡고는, 이렇게 냄새가 나는데도 웃고만 있으면 어쩌냐고 한소리하며 이든을 데리고 방으로 들어갔다.

민진과 이든이 자리를 비운 틈을 타, 해주는 몸을 굽혀 상자 안에 든 것들을 살폈다. 가장 깊숙한 곳에 모로 누워 있는 액자를 꺼내 들었다. 윤송이가 한 남자 앞에 서서 꽃다발을 들고 있는 장면을 찍은 사진이었다. 두 사람 뒤쪽에 걸린 플래카드에 고등학교 이름이 영어로 적혀 있었다. 액자 옆에 있는 노트에도 선뜻 손이 갔다. 이든의 이름이 쓰여 있었으므로 무언지 쉽게 짐작할 수 있었다. 윤송이의 글씨체는 반듯했고 획마다 방향을 변주하듯 끝이 비틀려 있었다.

이든이와 처음 눈 맞춘 날.
밖으로 나온 날.
옹알이가 늘었네.

아이의 사진도 장마다 정성스럽게 붙어 있었다. 노트 마지막 장에는 젊은 남자의 반명함판 사진이 끼워져 있었다.
"이든이 아빠예요."
민진이 부엌으로 들어와 냉장고 옆에 있던 물티슈를 들고 다시 밖으로 나가며 말했다. 해주는 그 사진을 들고 민진을 따라 이든의 방으로 갔다.
"아이 아빠가 한국 사람이야?"
민진은 해주를 흘낏 쳐다보더니 노련하게 아이를 다시 눕히면서 말했다.
"경기도 어디 사람이라던데."

"둘이 어떻게 만났는데?"

"프랑스에서요."

프랑스라니, 윤송이는 도대체 어떤 삶을 살았던 걸까. 고개를 든 해주는 유리창 너머로 빽빽한 숲이 펼쳐진 장면을 보았다. 바로 저 나무 뒤에 해주가 숨어 있었다.

민진은 영국에 살았던 윤송이가 베르크로 넘어오는 동안 겪었던 일을 꽤 자세히 알고 있었다. 유럽 내 주재원들에게 귀국 명령이 떨어졌을 때, 주영국 북한대사관에서 근무하던 고위급 간부였던 윤송이의 아버지는 가족들과 의논 끝에 탈출을 결정했다. 어릴 때 유럽으로 건너온 윤송이로서도 그 결정이 최선이었는데, 이동 중에 윤송이의 부모가 북한 당국에 잡혀 북송되고야 말았다. 다행히 윤송이는 부모의 이동 경로와 다르게 학교에서 탈출을 감행해 이미 프랑스로 가는 유로스타에 몸을 실은 후였다. 그렇게 프랑스 북부의 한 마을에서 윤송이는 한국인 남자를 만났다. 프랑스에 잠시 여행 온, 한국 대기업 독일 주재원이었다. 유부남이라는 것도, 독일에 있을 날이 얼마 남지 않았다는 것도 모른 채, 윤송이는 그 남자의 아이를 임신했다. 남자와 헤어진 뒤 임신 사실을 알게 된 윤송이는 독일로 가서 그 남자를 찾았지만, 남자는 이미 한국으로 돌아간 후였다. 말을 더 잇지 못하고 민진은 혀를 차며 목소리를 꾹꾹 눌러 말했다.

"그 언니도 약간 멍청해. 사람을 너무 쉽게 믿어."

베를린 어딘가에 머물던 윤송이가 베르크의 사람들과 인연이 닿아 이곳에 오게 되었다는 이야기를 끝으로, 민진은 아이 기저귀 가는 일을 마친 뒤 사용한 물품을 정리했다. 방 안에 구린내가 진동했다. 민진의 표정은 무거워져 있었다.

"이렇게 죽을 바에야 언니도 부모님이랑 같이 북한으로 돌아가는 편이 더 좋았던 거 아니에요? 외화 수입 어쩌고를 하는 중책을 맡고 있었대요, 언니네 아버지가."

절대 그렇지 않았을 것이다. 윤송이의 부모는 극한의 감시를 받고 있을 테고, 그걸 알고 있었다면 윤송이도 언제든지 끌려갈 수 있다고 생각했을지 모른다. 그 정도의 신분이었다면 아마 많은 이들에게 신상이 노출되어 있었을 테니까. 해주는 대화를 하며 진척된 수사가 무척이나 마음에 들었다. 더불어 민진이 대화를 제법 논리적으로 전하고 있다는 사실에 놀랐다. 대한민국의 미래는 밝구나. 물건을 정리하는 민진을 대신해 해주가 이든을 다시 안았다.

"송이는 주변 사람들이랑 관계도 좋았고. 이든이도 있었고."

쪼그려 앉아 서랍에 로션을 집어넣던 민진이 해주를 올려다보며 말했다.

"동네 사람들 말이, 언니 이야기를 계속하면 언니가 세상을 못 떠난대요. 이제 그만해요."

윤송이가 향하는 중이라는 생의 뒤편은 용준이 가는 곳과 같을까. 얼굴, 목소리, 감각, 가족, 관계, 내가 없는 그곳에서 어떤 모습으로 존재할까. 인간이라면 결국 닿지 않을 수 없는 그곳은 생의 단절이 아니라, 차라리 생의 목적지일까. 이든의 방 창문 바깥으로 나무들이 빽빽하게 들어찬 숲이 어둑한 사위 속에 짙은 그늘 웅덩이를 드리우고 있었다.

밤으로 가는 깊은 숲 어디선가에서 동물 우는 소리가 들려왔다. 삶이 내던져지는 것이듯, 죽음을 맞이한 이들도 역시 어디론가 내던져지는 거겠지. 그 둘은 그것을 어떤 방식으로 깨닫고 있을까. 죽음의 감촉이라는 게 있다면……. 현실로 돌아오라는 듯, 민진이 톤을 약간 높인 목소리로 말했다.

"아저씨, 리스트 좀 확인해봐요. 우리 다음에 누가 오는지."

해주는 머뭇거리며 되물었다.

"어떻게 보는 건데?"

민진의 눈빛이 일순간 뾰족해졌다. 민진은 해주에게 안겨 있던 아이를 다시 데려가며 확인하듯 물었다.

"리스트 없어요?"

단어를 잇는 민진의 목소리가 약간 떨려왔다.

"베르크 리스트."

그걸 왜 모르냐고 꾸짖는 것처럼 민진의 목소리가 다급했
다. 망치로 두드려 맞은 듯 벌게진 얼굴이었다. 민진은 이든을
침대에 눕히고 해주를 손으로 몰아 복도로 빼낸 후에 방문을
닫았다. 복도의 주황색 불빛 아래서 해주를 한쪽으로 세우고
는 공격적인 목소리로 민진이 물었다.

"아저씨 뭐예요, 여기 왜 왔어요?"

해주가 항복하듯 두 손을 위로 올렸다.

"말했잖아. 죽은 친구를 기리러 왔다니까."

민진이 해주의 등을 떠밀며 채근했다.

"아저씨, 사람들이 보면 큰일 나요. 이 집에서 나가요."

민진은 해주가 나쁜 사람이 아니란 걸 아는 눈치로, 그렇지
만 해주를 완전히 믿을 수도 없다는 듯 완강한 악력으로 해주
를 바깥으로 내몰았다. 한국인이라서 마음을 놓고 있었다고
도, 그럼에도 마을 사람들 눈에 띄지는 말라고도 속삭였다. 해
주는 들어왔던 때처럼 갑작스럽게 윤송이의 집에서 나왔다.
윤송이에 대해서 궁금해하지 말라는 게 민진의 마지막 말이
었다. 거실에 있던 해주의 겉옷도 잠시 뒤 현관 밖으로 내던져
졌다.

정문 밖으로 나오자 늦겨울 바람이 해주의 품을 잽싸게 파고들어 살갗을 뚫으며 추위를 퍼뜨렸다. 해주는 뒤돌아서서 윤송이의 집에서 한 발 물러섰다. 어떻게 해야 할지 알 수 없었다. 건물 주춧돌에 몸을 기대고 앉았다. 숨을 쉴 때마다 한기가 몸속을 찔러댔다. 손발이 조금씩 떨려왔다. 어두운 숲속에서는 동물들의 하울링 소리가 연이어 들려오고 있었다.

짙어지는 어둠 속에 차가운 돌을 깔고 앉은 해주는 깊은 무력함을 느꼈다. 의뭉스러운 이야기들 틈으로 의심이 번져갔다. 목숨을 걸고 옮겨간 터전에서 그들을 맞이하는 것은 늘 소리 없는 공포였다. 고통에는 형체가 없었고 고통이 남긴 조각의 형태도 온전하지 않았다. 석연치 않은 구설과 고난 끝의 죽음. 그들의 마음을 합리적으로 공감할 방법마저 해주에게는 차단되어 있었다. 자신에게 그들의 뒷이야기를 캐묻고 다닐 자격은 있는 건지, 해주는 스스로에게 되묻고 있었다.

얼마나 그곳에 앉아 있었을까. 누군가 해주가 있는 쪽으로 걸어오는 움직임이 느껴졌다. 해주는 눈을 가늘게 뜨고 움직임을 주시했다. 짙은 회색 공기 속에서 느릿하고 어두운 형체로, 버스 정류장에서 테레지엔 거리를 따라 천천히 걸어오는 사람. 노인인지 걸음이 더디고 고요했다. 맞은편 건물에 바짝 붙어 해주는 그를 살폈다. 한쪽 눈을 안대로 가린, 키가 크고 마른 남자. 해주의 머릿속에 순식간에 거실에서 본 사진이 스쳐갔다. 사진 왼쪽 한편에 서 있던 키가 큰 남자. 베르크 리스트는 이든을 공동 육아하는 사람들이 공유하는 리스트라는 걸 해주는 불현듯 깨달았다. 더불어, 윤송이의 집 거실에 걸려 있던 흑백 사진을 처음 본 장소가 이 집이 아닌 뷜러 박사의 사무실이었다는 것도 기억해냈다.

*

　뷜러를 만나러 가기 하루 전, 해주는 베를린 남부의 주택가 한가운데 뜬금없고 멀뚱하게 세워진 거대한 건물들 사이에 서 있었다. 무겁고 짙은 안개가 내려앉아 있었고, 집마다 음식 냄새가 풍겼다. 그곳은 지금 동독의 과거와 통일을 다루는 역사박물관이었지만, 전에는 동독 비밀경찰의 본부였다. 국가 보안을 명목으로 세웠지만 사실상 반체제 인사들을 감시할 목적으로 사용되었는데, 시간이 흐르며 업무의 범위를 넓혀 가더니 결국 주민들이 서로를 감시하는 일로 변질되었다. 그 시절의 기억과 아픈 과거를 기꺼이 밖으로 꺼내 역사의 유물로 봉인해놓은 장소가 바로 이곳이었다.
　박물관으로 쓰임을 바꾼 그곳은 비틀린 격자무늬 형상의

원목색 출입문을 통과해야 들어갈 수 있었다. 입구가 종이 크라프트 완충재처럼 생겨 장소가 주는 경직과 서늘함을 덜어내려고 몸부림치는 것 같았다.

본부 앞 축구장만 한 너비의 공터에는 기획 전시용 주황색 가벽 십수 개가 빽빽하게 놓여 있었다. 통일 관련 상설 전시가 진행되고 있다는 안내 문구 뒤로, 통일에 관련된 역사를 시간대별로 보여주는 사진과 설명이 이어졌다. 동독의 대학생들이 집결해 민주화를 부르짖었다는 내용까지 읽었을 때, 멀리서 함성 소리가 들려왔다. 떼로 모인 사람들이 웅성거리거나 고함치는 소리였지만 기계에서 나오는 소리처럼 경계가 분명했다. 해주는 소리가 시작되는 곳으로 걸음을 옮겨 주먹 크기의 검은 스피커 앞에 섰다. 전시 캡션에는 별다른 설명 없이 문장 하나만 독일어와 영어로 병기되어 있었다.

이것은 그날의 함성이다

스피커 쪽으로 몸을 가까이 기울였다. 그제야 그것이 단순한 함성이 아니었다는 걸 해주는 알 수 있었다. 폭죽, 사람들 부딪히는 소리, 속보를 전하는 앵커의 목소리.

다음 벽에는 장벽을 지키던 체크포인트 앞 군인들을 향해 소리를 지르고 있는 사람들을 찍은 사진이 전시되어 있었다. 흥분한 표정의 사람들이 군인들을 향해 삿대질을 하고 있었다.

길을 열어라. 이 통로를 이제 너희들이 막을 수 없다.

가을밤의 혼란한 분주함, 과장된 열광, 실체없는 낙관이 수놓은 밤의 소리.

용준이 해주에게 처음으로 '한민족'이라는 단어를 썼을 때, 해주가 느낀 감정은 망연함이었다. 살면서 단 한 번도 입에 올려본 적이 없는 단어였다.

"한민족……?"

해주는 그렇게 말하며 고단해진 용준의 눈을 바라봤다. 하루치 노동을 마치고 피곤한 기색을 못내 감추지 못했어도 해주가 사온 붕어빵을 세 개째 뜯어 먹으며 나란히 앉아 탈북자들이 패널로 나오는 예능 프로그램을 보는 중이었다.

한 원로 가수가 평양 공연 전후에 벌어진 이야기를 했을 때, ―김정은의 손이 따뜻했다든지, 옥류관에는 냉면 말고 다른 먹거리들도 풍부하다든지―탈북자들이 〈백두와 한라는 내 조국〉을 불렀을 때, 용준은 입가에 슬픈 미소를 흘리며 입안에 있는 붕어빵 대가리를 우걱우걱 씹고 있었다.

레드벨벳의 공연을 보는 북한 사람들이 경직된 얼굴로 박수만 치고 있어야 하니 얼마나 답답했겠냐고 용준이 말했을 때, 해주가 별생각 없이 물었다.

"북한 사람들도 흥이 많구나."

"그럼, 우리는 어차피 같은 핏줄이잖아요, 한민족."

용준의 말을 들으며 해주는 눈만 끔뻑였다. 그래 우리는, 한민족이지……. 그때 해주의 눈이 용준에게 어떻게 비쳤을지는 알 수 없다.

민족이라는 단어가 해주에게는, 교과서에서나 본 단어처럼 멀게 느껴졌다. 민족이란 대체 뭔가. 동북아시아 사람처럼 생긴 거? 눈 길이가 좀 짧고, 볼이 넓고, 살색이 너무 희지도 너무 검지도 않은 퉁구스 황인종에 속하고, 알타이어를 사용하는, 세로로 길게 펼쳐진 크지 않은 땅에 70만 년 전부터 살았으며, 해안과 강변에서 채집과 농경 생활로 생계를 꾸려 살아온, 주변 국가들로부터 끊임없이 침략받던, 이 영토에서 나고 자란 사람들, 아니 그 영토를 뿌리 삼아 생존해온 사람들을 통칭하는 건가. 반만 년 혈연적 동일성으로 이어진 단일의 민족, 한반도를 중심으로 언어적 문화적 공동체를 이루며 생활해온 집단, 그런 건가. 정치적 정당성을 위해 모함을 일삼고, 죽거나 죽을 만큼 불행한 사람들을 향해 개인이 느끼는 고통의 모양을 완벽히 깨달을 수 없어 아쉽고 미안하지만 그까짓 개인사를 해결하지 못하는 건 대의를 위해서 어쩔 수 없는 일이라고 말하며, 자신만의 합리성으로 무장한 채 역사를 도모하는 인간들의 한 묶음. 그것인가, 민족이라는 게. 그런 생각을 할 때, 가끔 머리가 지끈거렸다.

베를린 연구실에서 뮐러 박사는 사진을 하나 꺼냈었다. 윤송이의 집에서 본, 브란덴부르크 문 앞에서 찍은 한국인들의 단체 사진이었다. 그때 해주는 시큰둥한 목소리로 말했었다.

"그렇군요. 이때가 그 혼돈의 시기로군요. 여러모로 복잡했겠습니다."

한복을 입은 사람들이 함께 모여 버스에 오르는 모습, 베를린에 도착한 버스에서 내린 사람들이 서로 인사를 나누는 모습.

통일이 힘이다. 우리는 하나다.

그렇게 쓰인 플래카드를 들고 행인들 사이에 선 모습. 거대한 벽 같은 그들 사이를 행인들이 멈추거나 빙 둘러 지나가는 모습. 해주의 머릿속에 그려진 장면들이 착착 소리를 내며 지나갔다.

"이들은 단결된 힘이 필요했을 겁니다. 자신들의 민족을 지켜낼 하나의 힘."

뷜러가 그렇게 말했고, 해주는 무심한 얼굴로 뷜러를 바라봤다. 허약한 그의 세계에 돌멩이가 날아와 요동치듯, 용준의 기억이 떠올라 파동을 일으켰다.

"민족이요?"

뷜러가 고개를 끄덕이며 답했다.

"비록 소수집단이지만 이제 전 세계에 유일하게 남은 분단된 민족이요. 당신들의 민족."

해주는 눈부실 정도로 선명한 주황색 벽에 붙어 있는 사진들을 지나쳤다.

Wir sind ein Volk. 우리는 하나의 민족이다.

Deutschland einig Vaterland. 독일은 하나의 조국이다.

커다란 플래카드를 들고 밀물처럼 몰려든 시위대의 사진이었다.

해주는 사진을 받아 손에 쥐었다. 그는 자신이 윤송이 사건에서 용준을 보고 싶어 한다는 걸 그때 알았다. 어렴풋이 용준에게 진 빚을 그렇게 갚을 수 있겠다는 생각도 처음 했다. 안개가 걷혔지만 여전히 서늘한 기운이 감도는 전시관을 빠져 나오며 해주는 머릿속에 그 두 장면을 번갈아 꺼내들었다. 그 것이 베르크로 오기 직전에 해주에게 있었던 일이었다.

4장

해주의 걸음은 요양원 앞에서 멈췄다.

홍성수. 해주는 그 이름을 잔향처럼 기억하고 있었다. 또렷하고 강렬했지만 일부러 곱씹어야 기억을 놓지 않을 수 있었다. 사진이 찍힐 당시 일곱 살 정도였다면 홍성수는 해주와 거의 비슷한 나이대의 남자로 성장했을 터였다. 뵐러에게 그 이름을 들어본 적이 있느냐고 묻는 메일을 쓴 후에 해주는 뵐러의 메일에서 낯선 이름을 더 찾아냈다. '장춘자'. 윤송이가 살고 있던 그 집의 소유자인 한국계 독일인. 그 집에 북한 사람이 들어가 살고 있다는 게 단지 우연일까.

걸음을 옮기다 보니 어느새 요양원 안쪽으로 걸어들어가고 있었다. 옅게 비가 오는 탓인지 요양원 정원에는 산책 나온 사람이 드물었다. 하늘색 가운을 입은 남자가 다가와 문을 열더니 가장자리에 거추장스럽게 서 있던 해주를 한 번 바라봤다. 튀어나온 배 때문에 입고 있는 가운의 단추 서너 개가 잠기지 않던 남자. 이곳에 처음 왔을 때 그런 엉성한 모습으로 마주쳤던 사람이 바로 그라는 것을 해주는 한눈에 알아챘다. 뒤이어 맑은 눈물을 뚝뚝 흘리던 동그랗고 파란 눈동자도 떠올랐다. 해주는 고개를 숙여 오른쪽 명찰에 적힌 '안드레아'라는 이름을 봤다. 그 모습이 시원찮았던 건지 남자가 딱딱한 목소리로 해주에게 물었다.

"어떤 일로 오셨습니까?"

해주가 얼버무렸다. 구체적인 답이 필요할 것 같았는데 어떤 말을 해야 좋을지 알 수 없었기 때문이다. 답을 기다리던 그가 해주를 무시하고 안으로 들어가려고 할 때에야 해주는 입을 뗄 수 있었다.

"사람을 찾아왔습니다. 팔십대 한국계이고 휠체어를 탄, 이곳에 오래 있었던 노인입니다."

남자가 생각에 잠기더니 물었다.

"성함은요?"

해주는 다시 머뭇거렸다.

"글쎄요……."

남자는 황당하다는 투로 한 번 더 이름을 물었지만 해주는 대답할 수 없었다. 그는 별 사람을 다 보겠다는 듯 이름을 알아오라고 충고하더니, 안으로 들어가버렸다. 해주는 요양원 앞에 멋쩍게 서 있다가, 안드레아 말고도 사람들 여럿이 로비를 오가는 모습을 보고 빈틈을 타 안으로 들어갔다.

혼탁한 안개가 하늘에 자욱했고 빗줄기도 조금씩 굵어지고 있었다. 차창으로 빗줄기가 떨어지기 시작했다. 사람들 서너 명이 오가는 응접실에는 아늑한 온기가 돌았다. 잠깐이라도 앉아 있을 생각으로 구석진 의자에 앉아 벽에 몸을 기댔다. 스마트폰을 켜고, 별것 아닌 것을 검색하고, 지나치는 행인들을 물끄러미 지켜보았다. 창을 두드리는 빗소리가 적당히 소란스러웠다.

멀리 도심 어딘가에서 나른한 사이렌 소리가 들려왔다. 이상한 나라에 와 있는 듯한 느낌이었다. 안은 이토록 안온한데, 밖에서는 온갖 시끄러운 일들이 벌어지고 있다는 사실이. 이렇게나 특별한 것 없고 조용한 도시 어딘가에서도 누군가는 죽고 누군가는 계속 숨을 쉬고 생을 이어갈 거라는 사실이. 이끌고 이끌리며 결국엔 삶이 다음 단계로 나를 데려간다는 사실이. 해주에게 이상한 형체의 물질처럼 다가와 이야기를 거는 것 같았다.

도대체 언제 잠이 든 걸까. 희미한 빛이 로비 벤치로 천천히 들어오는 것을 눈치채고서야 해주는 정신을 차렸다. 시간을 보려고 스마트폰을 열었을 때, 해주는 자신이 잠들기 직전까지 뷜러에게서 받아온 사진을 보고 있었다는 사실을 깨달았다. 두 줄로 서서 단체 사진을 찍은 사람들의 경직된 얼굴, 1990년 11월 20일이라고 적힌 사진 속 날짜, 찡그린 아이, 멀찍이 서서 아이를 보고 있는 여자.

"한국에서 왔지요?"

한국말 때문인지, 낯선 사람의 목소리 탓인지, 해주는 깜짝 놀랐다. 휠체어를 탄 노인이 해주를 보며 빙그레 웃고 있었다. 안드레아가 노인의 휠체어 손잡이를 잡은 채였다. 해주는 스마트폰 화면을 서둘러 껐다.

"전에도 당신을 봤어요. 이곳은 워낙 조용하고 방문객이 적다 보니 낯선 얼굴이 더 잘 기억되거든요. 다시 올 것 같았지요."

예상하지 못한 상황에 당황한 해주가 멍한 표정으로 노인을 바라보고 있었다. 흰머리를 뒤로 바짝 끌어 묶은 노인이 볼살이 거의 없는 둥근 얼굴을 해주 쪽으로 내밀고 있었다. 노인이 안드레아를 향해 고개를 끄덕이자, 안드레아는 필요할 때

부르라는 말을 남기고 해주를 한 번 힐끗 본 뒤 자리를 피해주었다. 해주에게 윙크로 다정한 인사까지 했다.

"산책이라도 하면 좋은데, 오늘은 비가 와서 바깥이 쌀쌀해요. 괜찮으면 안으로 들어갈까요?"

노인은 휴게실이 있는 복도 안쪽을 가리키며 가볍게 물었다.

"갑시다. 커피 한 잔 대접할게요."

노인은 해주에게 휠체어를 좀 밀어줄 수 있겠느냐고 부탁했다. 휠체어에 요양원 내부 복도는 경사가 거의 없어 바퀴를 미는 데 부담이 적었다. 간이로 조성된 휴게실엔 조도 낮은 조명이 둥근 탁자와 플라스틱 의자, 소파 들을 아늑하게 비추고 있었다. 소파 옆으로 높낮이가 다른 화분도 두엇 있었다.

"커피는 몸이 성한 데 없는 노인에게 좋을 것 없는 음료지만 하루에 한 잔 정도는 괜찮지 않겠어요?"

휴게실 커피 머신을 올려다보며 노인은 해주의 손에 50센트짜리 동전 두 개를 쥐여주었다. 머신이 싸구려처럼 보여도, 맛이 아주 나쁘지는 않다고 눙치면서, 젊은 사람 입맛에는 어떨지 모르겠다고 말했다. 해주가 동전 두 개를 넣자, 이번에는 머신 옆에 쌓여 있던 사기 찻잔을 음료 배출구 아래에 놓아달라고 부탁했다. 머신 위쪽 엄지손가락만 한 흰 버튼을 누르자 검은 커피 액체가 빠르게 찻잔으로 떨어져내렸다.

초콜릿색 모카커피가 든 찻잔을 들고 해주는 노인이 권하는 대로 소파에 앉았다. 다시 살펴보니 요양원에 있는 노인 치고는 아주 건강해 보였다. 여자와 대화하던 때처럼, 노인은 끝을 살짝 올리는 방식으로 문장을 만들어 썼고 또박또박 귀에 잘 들어오는 한국어를 사용했다.

"한국은 곧 매화가 피기 시작하겠죠."

노인은 그렇게 말하며 테이블에 커피잔을 내려놓았다. 사기 그릇이 부딪히며 달그락 소리가 났다.

"지금이야 비행기를 반나절만 타면 한국에 갈 수 있으니까 얼마나 좋아요. 내가 여기 처음 오던 때에는, 나라를 왕래한다는 개념이 낯설었어요. 하기야 고향 마을을 벗어나는 것조차 무서웠지."

그땐 세상이 무서웠으니까. 그렇게 혼잣말하면서, 회한에 잠긴 노인은 창밖으로 번지는 빛을 바라보았다.

"한국에 한 번 들어가는 건 정말 큰일이었죠. 프랑크푸르트에서 비행기가 출발하면, 제네바에서 기름을 채우고 다시 출발, 제다에 다시 내려 기름을 채우고 출발, 그렇게 이착륙을 반복한 후에야 김포에 들어갔으니까."

해주는 노인의 얼굴에 군데군데 핀 검버섯을 관찰하고 있었다. 별것 없는 경찰이었어도, 해주는 훈련받고 7년 동안 근무한 이력이 있었다. 해주는 그가 탄 휠체어 주변도 샅샅이 살폈다. 이 노인의 명찰, 이름, 그 어떤 것이라도. 말할 때마다 노인의 눈은 반달처럼 오므라들었다. 동그랗고 작은 두상, 얼굴 곳곳에 자연스레 생긴 주름과 기미, 뒤로 바짝 묶은 흰머리, 펑퍼짐한 윗도리, 살짝 접어올린 환자복 소매, 단정하게 모은 무릎, 둥근 앞코에 따뜻한 솜 방울이 달린 검은색 실내화. 노인은 커피 한 모금을 느긋하게 마시더니 말을 이었다.

"얼마나 마음을 단단히 먹고 간 고향길이었겠어요. 사랑하는 사람이 생겼다. 그는 독일인이고, 그와 결혼할 생각이다. 나는 그 말을 하러 가는 길이었거든. 어머니도 아버지도 좋아해주실 거라고 믿으면서."

해주는 노인의 표정을 살폈다. 이 사람은 어쩌다 이런 얘기를 처음 만난 한국인 남자에게 하고 있는 걸까, 궁금해하면서.

"긴 여정이었네요."

"그럼, 길다마다. 김포에서 다시 해남으로, 기차를 타고 버스를 타고. 멀디먼 고향 땅에 도착했지. 기숙사에 같이 살던 언니가 빌려준 눈송이 같은 하얀 원피스에 먼지라도 묻을라 조심조심하며 말이에요. 치맛자락을 자주 손으로 털어냈지. 손목 한 번 접어 입지 않았어. 터미널 대합실에 옹기종기 앉아 있던 촌 사람들이 내 옷차림을 슬쩍 훔쳐볼 때 이상한 우월감에 사로잡히기도 했고. 나는 이렇게 다 바뀌었는데, 고향 터미널의 풍경은 독일로 떠나던 때의 풍경과 다르지 않았어. 그 장면이 이상할 정도로 내 고향을 한심하게 느끼게 했지."

"지금의 한국은 완전히 다른 모습인데요."

노인이 긍정하며 고개를 끄덕였다.

"그럼. 단지 내 기억 속의 한국이 70년대에서 멈춰 있을 뿐이지. 시간이 가는 건 내가 늙는다는 사실만큼이나 무서워요. 속절없지."

세월이 데려가버린 것들⋯⋯. 그 말 끝에 노인은 회상에 잠긴 듯 눈을 길게 늘어뜨리는가 싶더니, 기억을 쓸어모으듯 휠체어 손잡이를 천천히 안쪽으로 쓸어내리며 말을 이었다.

"터미널에서 집으로 가는 버스를 탔고, 버스 안에서 거의 15년 만에 중학교 친구를 만났어요. 어릴 때 이웃 동네에 살던 그 친구는 내가 어릴 때 살았던 동네에 시집을 와서 벌써 아이 둘을 놓았다고 하더군요. 5일장에 다녀오는 길이라던 친구가 낡고 펑퍼짐한 인견 바지에 자꾸만 제 콧물을 닦았는데 그게 아주 미개하고 불결하게 느껴졌지. 난 조금 우월한 시선이 되었어요. 그 동창에게 이국의 생활에 대해 자랑삼아 들려주었지. 아침에 일어나서 새벽 6시 반이면 탕비실이라는 곳에 삼삼오오 모여 앉아 커피를 마신다, 휴일에는 스위스로 여행도 간다,

알프스는 거대한 설산이다, 이런 것 말이야."

노인은 창문 쪽으로 시선을 돌렸다. 둔탁하게 창을 치고 지나는 굵은 빗방울 소리를 감상하듯 그는 지그시 눈을 감았다. 해주는 손에 쥔 스마트폰을 흔들어 사진 앱을 열었다. 아이를 바라보고 있는 흑백 사진 속 젊은 여자. 얼굴이 둥글고 흰 노인의 생김이 그 여자를 정확히 닮아 있었다. 노인은 창문 밖을 바라보고 있었다. 노인의 시선 끝에 주차장을 빠져나가는 차 한 대가 눈에 띄었다.

"그 친구의 눈, 나는 그걸 아직도 잊지 못했어요."

해주는 스마트폰 사진 속에 있는 노인의 동그랗고 맑은 눈을 확대했다.

"친구가 어땠는데요?"

"그때는 그 눈빛의 의미를 몰랐지. 고향 집에서 아버지가 내 차림을 보고 마당에 퉤, 침을 뱉었을 때도 몰랐어. 동네 친구들이 찾아왔을 때에야 나는 그들에게서 분명한 경계심을 느꼈어."

노인의 형체가 유리창에 뿌옇게 반사되었다. 해주는 노인이 있는 쪽으로 시선을 돌렸다.

"나는 그들에게 이방인이었던 거예요. 완전히 다른 문화에 물이 들어버린, 바이러스 같은 이물질. 고향 사람들이 그 정도로 적대적이었던 이유를 알게 된 건 고향집에서 사흘쯤 보낸 뒤였을 거예요. 어머니가 내 손을 잡아끌며 예전부터 사랑채로 쓰던 건넌방에 들어가 가만한 목소리로 조심스레 말했을 때. 너는 아니지? 다른 사람들이 그렇다고 해도 나는, 내 딸은 절대 그럴 일이 없다고 생각했는디 말이여…… 너도 그런 것은 아니지? 거기는 그런다고 하더구만. 거기 가 있는 한국 계집애들은 예외 없이 양놈들 바짓가랑이에 놀아난다고."

적요 속에 노인의 얼굴이 슬퍼 보였다. 빗줄기가 끊긴 자리에 눈이 날리고 있었다. 뾰족한 나목의 꼭대기가 하늘을 찌를 것처럼 솟아 있었다. 해주는 차갑게 식어버린 찻잔 속 검은 액체를 가만히 들여다봤다. 이방인이라는 단어에는 구역이 있다고 해주는 생각해왔다. 이런저런 이유로 낯선 공간에 끼어든 이들, 토착화된 문화에 정착하지 못하고 유령처럼 방황하는 이들. 해주는 그런 이들이 이방인의 범주에 해당되는 줄 알았다. 부서지는 믿음이 만들어낸 슬픔은 구체적이다. 희망과 절망에는 이렇다 할 경계가 없다. 어디로 가야 했을까, 노인은.

"결혼 이야기는 꺼내지도 못한 채 새벽차를 타고 서울로 갔어요. 독일로 돌아올 수밖에 없었지. 다른 방법이 없다고 생각했거든. 물론 돌아온다고 한들 나를 기다리는 건 독일인 동료들의 모진 눈빛과 환자들의 똥 기저귀일 테지만……. 삶에서 가장 중요하다 생각한 걸 잃은 마음이 들더군요. 돌아갈 곳이 없는 것 같았지요."

노인의 말소리는 천천히 낮아지고, 문장을 전하는 속도도 느려졌다.

"그때 깨달았어요. 나는 이미 돌아올 수 없는 강을 건넜구나."

바깥에 내리던 눈이 비와 섞여 창문으로 흘러내리고 있었다. 해주는 멀리 도시를 바라봤다. 정원에 심겨진 나무 앞으로 흑인 한 명이 비를 맞으며 지나갔다. 건물을 청소해주는 리나라고 노인이 말하기 전까지, 해주는 그 중년의 흑인을 보며 생각하고 있었다. 태어남과 동시에 예외 없이 인장을 갖게 되는 인간들에 관해. 살을 도려내듯 자신의 인장을 떼어내야 했던 노인에 관해. 정처 없이 떠돌아야 하는 이들의 마음에 관해.

높은 지대에 있는 요양원에서 내려다보면 베르크는 작은 분지처럼 보였다. 정원에는 바람이 거칠게 부는지 줄기만 남은 나뭇가지가 이리저리 흩날렸다.

✽

베르크에 온 후에 해주는 용준의 꿈을 여러 번 꾸었다. 내용은 매번 같았다. 꿈속에서 용준은 해주에게 보낼 메시지를 쓰고 있었다. 꿈속인데도 그 장면을 매번 생생하게 체험하는 것 같았다. 어떤 때에는 스스로 용준이 되는 느낌이었다. 꿈속에는 다리 위에 해주인지 용준인지 모를 한 남자가 거친 바람을 맞으며 서 있었다. 가만히 서 있는 줄 알았는데, 그는 자꾸만 몸을 앞뒤로 흐느적흐느적했다.

그날 해주는 출동을 나가 있었다. 옆집에서 자꾸 이상한 냄새가 난다는 신고를 받아 해주와 해주의 경사 선배가 골목에 다닥다닥 붙어 있는 집 사이를 지나쳐 목적지인 반지하 집에 갔을 때였다. 한여름 마을에 큰 홍수가 난 직후였고, 독거자였던 시체는 부풀어 형체조차 제대로 알아볼 수 없었다. 그가 이제 겨우 이십대 후반이었으며 극한의 생활고에 시달렸다는 이야기를 듣던 해주는 인간다운 삶이 도대체 무언지 생각하고 있었다. 그 일을 마치고 지구대로 돌아와 겨우 한숨을 돌리고 나서야, 해주는 용준이 다리 위에서 보낸 메시지를 읽었다.

— 나는 이제 갈 데가 없어요. 형, 미안해요.

해주가 용준에게 전화를 걸었지만 연결되지 않았다. 통화 신호음이 끊임없이 울리는 전화를 붙잡고 해주는 급하게 순찰차로 이동했다. 자리에서 일어날 때 책상에 무릎이 세게 부딪혀 쩍 소리가 났지만 아랑곳하지 않았다.

해주는 용준이 있었다던 다리 위에 서서 흐르는 강물을 바라보며 통신사의 협조를 요청했다. 온몸이 바람을 맞은 사시나무처럼 떨렸다. 용준은 흔적조차 없었다. 용준을 삼킨 물살은 잔잔했고, 스산한 바람만 불어 해주의 몸을 거칠게 스치고 지났다.

강가에 대고 해주는 비명을 질렀다. 대체 왜 네가 죽어야 하느냐고. 인간다운 삶은 바라지도 않는다고. 너 혼자 잘 살면 뭐 어떠냐고. 아니, 잘 사는 건 바라지도 않고 그냥 살아 있기만 하면 어떠냐고, 해주는 소리쳤다.

❋

노인의 이름이 장춘자라고 알려준 건 보호사 안드레아였다. 안드레아는 요양원을 나가던 해주에게, 다음 방문 때는 그분의 성함을 알려주면 된다고 했다. 방문 온 한국 남자를 기꺼이 보러가겠다던 노인의 말도 함께 전하며.

날이 밝자마자 해주의 걸음은 다시 요양원으로 향하고 있었다. 환자들이 막 아침 식사를 마쳤을 시간이었다. 요양원 첨탑의 새 모양 조각 위로 구름이 뭉쳐지고 있었지만 어제처럼 비가 섞인 눈이 제멋대로 내리는 궂은 날씨는 아니었다.

장춘자를 만나러 왔다고 말하는 해주에게 안드레아는 윙크했다. 데스크에 연락을 해달라고 부탁하는가 싶더니 해주에게 다가와 말했다. 프라우 장은 신장염 수술을 받은 후에 염증으로 고생하다가 수년째 요양원에 계시다고, 겉으로 티 내지 않지만 사람들 보는 것을 좋아한다고, 보이는 것보다 외로움을 많이 타는 편이라고. 안드레아는 그렇게 말하더니 눈을 길게 늘어뜨리며 웃었다.

연한 분홍색 카디건을 입고 체크 무늬 담요를 무릎에 덮은 장춘자는 안드레아의 도움을 받아 로비로 내려왔다. 휠체어 손잡이를 해주에게 건네준 안드레아는 다시 한번 정보를 교환하듯 찡긋거리며 웃었다. 장춘자는 어제보다 조금 더 야윈 얼굴이었다. 오늘은 바깥 날씨가 아주 나쁘지 않은 것 같은데 정원 산책이 어떻겠느냐고 장춘자가 물었다. 안드레아는 그래도 아직 날이 흐리고 춥다고 말했지만 그 정도 겨울 날씨야 지금껏 잘 견뎌왔다고, 장춘자는 산책을 감행하겠다는 뜻을 내비쳤다. 휠체어 손잡이를 붙잡은 해주에게는 가족도 없는 홀몸을 다시 찾아와주어 고맙다는 말도 잊지 않았다.

휠체어를 밀어 바깥으로 나가자 갑자기 모여드는 뿌연 수증기에 해주는 눈을 찌푸렸다. 장춘자의 가벼운 몸은 휠체어에 박힌 나무처럼 꼿꼿했고 가끔 구심력에 따라 이리저리 흔들리기도 했다. 해주는 요양원까지 걸어오는 동안에도, 장춘자를 만나 산책로로 들어가는 이 순간에도 계속 할 말을 길어올리는 중이었다. 당신이 윤송이의 집주인입니까,라든지. 윤송이 사건에 관해 아는 것이 있습니까,라든지. 어떤 식으로든 이 노인으로부터 사건의 단서를 얻어가야지 싶었다. 이 작은 몸집의 노인이 윤송이의 죽음과 어떻게든 연관되어 있을 테니까.

베르크가 보이는 곳에 해주는 휠체어를 세웠다. 이곳에서 잠시 쉬어가자는 해주의 말에 장춘자는 고개를 끄덕여 동의했다. 소란스럽고 집요한 마음속에서, 어떤 문장을 가장 먼저 꺼내볼까.

"저는 찾고 싶은 게 있어서 이곳에 왔습니다."

장춘자가 고개를 다시 끄덕였다. 축축한 암막 같은 안개처럼 피어난 감정은 막연함이었다. 윤송이 사망 사건에 관심이 있습니다,라든지. 윤송이를 아십니까,라든지. 그런데 자신의 입에서 나온 뜻밖의 말에 해주는 스스로 놀랐다.

"저한테는 친동생 같은 사람이 있었습니다."

눈앞에 있는 나뭇가지가 바람에 쓸려 흔들렸다. 자연 다큐의 한 장면처럼 아무런 소리도 들리지 않았다. 어떤 경로로 용준을 떠올렸느냐고 따질 것도 없었다. 용준은 매 순간 해주에게 붙어 있는 귀신같은 존재니까. 노인은 해주의 다음 말을 기다리며 침묵하는 듯했다. 더 말하라고 채근하지도 않았고 그러냐고 답하지도 않았다. 노인의 담담한 반응 때문이었을까. 해주는 오랜만에 용준의 이름을 입 밖으로 꺼내보았다.

"용준이라는 애였는데. 배용준 아니고 김용준⋯⋯."

예전에 그런 농담을 하기도 했었는데. 헛웃음이 터져나왔다. 뒤이어 해주의 입 밖으로 많은 장면들이 한꺼번에 쏟아져나왔다.

용준을 처음 만난 날. 육교를 달리다가 두 사람 다 체력이 떨어져 바닥에 그대로 주저앉은 이야기. 의과 대학에 대한 논쟁으로 그 봄밤의 열기가 얼마나 뜨거웠는지. 가끔 용준이 일을 끝내고 해주에게 연락해 함께 보낸 저녁시간에 대해서도. 용준이 낯선 것을 직접 체험해보는 일을 얼마나 좋아했는지. 한국에 사는 저보다 못한 사람들도 많다며 그들을 도와주기를 주저하지 않았던 성정. 그들을 도우며 스스로 힘을 얻기도 했던 그런 낙천성에 대해. 모든 힘듦이 아무렇지 않았던 시절의 용준에 관해. 해주는 이야기했다. 모두 용준을 보내고 난 뒤 처음 꺼내보는 말이었다.

공평하지 않은 삶에 불만을 표해서 좋을 게 없다는 말을, 용준은 좌우명처럼 달고 다녔다. 어차피 인간에게는 불행의 총량 같은 게 있는 거라고. 김정은이라고 김정은이 되고 싶어서 되었겠느냐고. 무언가 얻고 싶은 사람들은 그것을 얻지 못해 괴롭겠지만, 원했던 무언가를 얻은 이들은 그것에서 벗어나지 못해 절망스러워하더라고. 그런 말 때문이었을까. 용준이 굽이치는 강물에 몸을 내던질 거라고는 생각해본 적이 없는 이유가. 겨우 그렇게 죽어버리려고 고향을 도망쳐 죽을힘을 다해 낯선 나라들을 건너 한국까지 왔다는 게 아직도 잘 믿기지 않는 이유가.

할 수만 있다면 해주는 살아 있는 용준의 몸뚱이를 툭툭 쳐가며 말하고 싶었다. 제발 정신 좀 차리라고, 죽는다고 대체 뭐가 해결되느냐고. 그렇게 큰 소리로 화까지 내가며 말해주고 싶다. 어떻게든 함께 이 상황을 헤쳐가보자고, 용기를 내라고 말하고 싶다.

이제는 그 말을 들어줄 용준이 없다.

용준을 만나지 않았었다면 해주는 아마 지금쯤 평범한 경찰로 살고 있을 것 같다. 경사나 경위로 진급을 했을 수도 있고, 지금쯤 애가 둘 정도 있는 아이 아빠가 되어 있었을 수도 있겠지. 해주는 두 개의 가능성 중 어떤 것도 제 삶으로 만들지 못했다. 누가 등 떠밀지도 않았는데 해주는 이 일을 도맡아 하고 있었다. 쉼 없이 굴러가는 돌을 떠안은 시지프스처럼, 알 수 없는 경위로 끝나는 시점을 모르는 채 계속하는 일을.

노인이 고개를 끄덕였다. 그게 뭔지 이미 잘 아는 사람처럼, 기묘하게 슬픈 눈빛으로.

"슐레히테스 게비쎈*Schlechtes Gewissen*."

노인은 그렇게 말하고는 해주를 가만히 바라보더니 말을 계속했다.

"여기선 그렇게 말하죠. 그런 감정을."

"잘못된 양심?"

단어를 그대로 해석하면 그랬다.

"혹시 나중에 기억나거든 찾아보세요."

장춘자는 해주를 향해 빙그레 웃고 있었다. 어떤 경계를 완전히 초월한 웃음. 허탈하지도 허무하지도, 어떤 감정에도 의존하지 않는 웃음.

"그것을 느끼는 삶은 아름다워요. 덕분에 세상이 조금 더 나아져가는 법이니까."

장춘자는 그렇게 말하더니 고개를 들어 베르크 쪽을 바라봤다. 구름이 단단했지만 붉은색 지붕들 위로 색색의 빛이 가라앉아 있었다. 느슨한 바람이 불어 잔디를 부드럽게 쓸고 지나갔다. 장춘자는 햇볕에 얼굴을 누이는 것처럼 턱을 내밀었다. 가는 턱이 베르크가 있는 쪽으로 뾰족하게 뻗어나갔다. 한참을 그렇게 있던 장춘자가 말을 꺼냈다.

"나에게도 살을 베인 것처럼 아픈 사람이 있어요."

장춘자의 말에 대답하듯 옅은 바람이 불어 머리카락을 흩뜨려놓았다.

"그 아이도 북한 출신이었어요. 나는 그 아이를 정말 내 온 힘으로 키워낼 생각이었어."

해주는 그 말을 듣자 순식간에 온몸으로 긴장이 뻗어나가는 것을 느꼈다. 예상치 못한 타이밍이었지만 타이밍이란 늘 그런 때 온다. 이제부터 정신을 단단히 붙들어야 해. 해주가 스스로에게 주문했다. 희고 두툼한 손, 꺾인 나무줄기처럼 흔들리는 몸, 단단하고 깊은 뿌리처럼 박힌 검은 눈. 해주는 휠체어 고정핀을 내려다봤다. 장춘자는 해주에게 자신의 늙은 몸뚱이를 의지하고 있었다.

"비록 아이가 엄마를 잃었지만 세상을 잃지는 않았으면 좋겠다고 생각했어요. 그 아이를 엄마에게 데려다줄 수는 없었으니까. 그 아이와 의지하면 우리 둘이 살 수 있겠다, 그렇게 살자, 생각했어요. 몇 달 뒤에 사람들이 아이를 찾아올 줄은 몰랐지, 정말 몰랐지……. 그 조그만 아이가, 겨우 일곱 살짜리가, 무슨 수로 체제 이념을 위해 이주를 선택했겠어요? 사람들이 아이를 데려가겠다고 나섰을 때, 나는 죽어도 막아서야겠다고 말했어요."

수수께끼 같은 이야기였다. 이야기가 나온 배경은 차치하고서라도 노인의 입에서 나오는 말들이 윤송이 사건과 연관되어 있지 않다는 것쯤은 알 수 있었다. 노인의 표정을 살필 수 없었지만 그의 목소리는 묵은 번뇌에 잠식되어 있었다. 해주의 머릿속에 담긴 정보들이 혼란스럽게 신경을 들쑤셨다.

두 사람은 시선을 멀리 바깥에 두고 있었다. 그 끝에 베르크의 풍경이 펼쳐져 있었다. 숲에서 피어오른 웅장한 구름이 베르크 전체를 덮는 것처럼 부쩍 낮은 곳에 내려앉아 있었다.

"그때는 사람들이 모든 걸 다 쉬쉬했어요. 말 한마디만 잘못하면 모든 게 다 어그러졌으니까. 아이를 잘 데리고 있었는데, 모두가 다 도와주었는데……. 내가 망가뜨렸지. 그 아이를 떠나보낸 뒤 오랜 시간 동안 나는 후회만 했던 것 같네요. 왜 하필 나는 그때 집에 없었을까. 왜 하필 나는 그 시간에 장을 보러 갔을까."

해주는 장춘자의 표정을 살피기 위해 휠체어에서 한 발 물러났다. 바람에 빠져나온 흰머리 몇 가닥이 노인의 눈가를 쉼 없이 찔러대고 있었다. 노인이 흘러내린 머리카락을 쓸어올리면 다시 몇 가닥이 흘러내렸다. 계속되는 형벌처럼 그 행위가 이어지는 중이었다.

"겨우 5분이었는데……. 장을 보고 집에 들어오니 자고 있던 아이가 낯선 사람들에게 붙들려 울고 있었어요. 복도 위로 무작정 달려갔죠. 아이를 돌려달라, 이 아이가 당신들의 아이냐. 그렇게 소리를 질렀어요"

해주는 점점 무거워지는 그의 눈에서 시선을 떼지 않았다. 베르크를 드리운 구름 사이로 간간이 빛이 새어나왔지만 높은 곳에 뜬 해를 자꾸만 구름이 가리는 탓에 도시는 비밀을 품은 것처럼 묵직해 보였다. 그 장면 탓일까. 해주는 장춘자의 그간의 환대가 어떤 신호로 읽혔다. 이를테면 이 노인이 해주가 누군지 이미 알고 있었다는 신호.

"그러다 실랑이가 붙었지. 한참 그렇게 아이를 양쪽에서 붙들고 있었어요. 그러다 어느 순간 아이가 복도 계단 난간 아래로 떨어져버렸지."

풀을 쓸고 지나가는 바람 소리 이외에 아무런 소리도 들리지 않았다. 멀리서 쿵쾅거리며 장비를 점검하는 소음이 들려왔지만 노인과 해주 주변으론 완전한 적요가 휘몰아쳤다. 노인이 해주 쪽으로 고개를 돌리며 말했다.

"홍성수. 그 아이의 이름이에요."

해주는 입술 안으로 그 이름을 잘근잘근 씹어 목 안으로 밀어넣듯 중얼거렸다. 어디선가 종이 울리기 시작했다. 엄중하고 무거운 추가 좌우로 움직이는 것처럼, 안정되고 규칙적인 간격으로 들려오는 소리였다. 고딕 양식의 거대한 성벽 같은 요양원 건물은, 높은 곳에 세워진 꼼꼼하고 단단한 만듦새의 요새 같았다. 바깥의 둔중한 소리가 요새 안으로 자꾸만 고개를 내밀었다. 홍성수.

해주의 마음속이 흔들거렸다. 고요했던 내면이 불꽃 튀기 직전처럼 이글거렸다. 해주는 그 사람의 이름을 다시 안으로 집어삼켰다. 윤송이와 홍성수. 홍성수와 윤송이. 해주는 입술을 떼었다. 불꽃이 형형의 색으로 터져나가는 것처럼, 해주의 마음 안에서도 무언가 폭죽처럼 쏘여나갔다. 30년이 지난 지금도 장춘자는 홍성수를 잊지 못하고 있었다. 장춘자에게 윤송이는 홍성수와 다름 없는 존재였다.

"또 오세요."

장춘자의 왼손이 휠체어 뒤편으로 넘어와 해주의 손을 가볍게 잡았다 놓았다. 노인의 손은 작고 보드랍고 따뜻했다.

거대한 구름이 도시를 감싸듯 베르크의 허공을 떠다녔다. 구름이 반원을 만들며 도시 중앙으로 빛을 부려내고 있었다. 밀도 높게 서로를 부여잡으며 한데 뭉친 구름 아래로 베르크가 거의 가려질 것 같았다. 각각의 구름은 하얀색이었지만 그들이 뭉쳐 만든 구름은 잿빛에 가까웠다. 하나의 거대한 섬처럼, 인공의 도시처럼, 베르크는 해주의 시선 끝에 머물러 있었다.

안개와 구름은 같은 원리로 만들어지는 거라고, 건물 안으로 들어가던 장춘자가 이야기했다. 수증기가 응결한 위치에 따라, 물방울이 떠 있는 높이에 따라. 땅에 붙어 있을 정도로 낮은 곳에 생기면 그것은 안개, 땅에서 멀리 떨어져 하늘에 더 가까우면 구름. 해주는 그 말을 들으면서 30년 전의 홍성수 사건과 지금의 윤송이 사건에 대해 생각했다. 같은 이유로 만들어지는 사건들이 있다고. 근간을 흔들지 않으면 계속 반복될 사건들이.

안드레아에게 장춘자가 탄 휠체어를 넘기고 밖으로 나오는 길. 해주는 언덕에 잠시 멈춰 서서 위로 솟구친 요새 같은 요양원과 윤송이가 떨어져 죽은 건물을 번갈아 보았다.

H.S.S. 홍성수.

그 이름을 다시 반복해 읊조리던 해주는 잔디밭 서쪽 끝에 서서 아래를 내려다보았다. 예고 없이 다가오는 것은 늘 두렵다. 두려움에서 벗어나느냐, 주저앉아 숨어버리느냐. 선택할 수 있는 건 늘 겨우 그것뿐이다. 인간은 얼마나 무력한가.

홍성수, 윤송이, 김용준.

멀리서 다시 무거운 종소리가 들려왔다. 요양원 언덕을 통해 아래로 내려가다가, 문득 떠오른 생각에 해주는 독일어 사전을 뒤적였다.

Schlechtes Gewissen
「명사」죄책 – 감(罪責感)
저지른 잘못에 대하여 책임을 느끼는 마음

그 단어를 한참이나 들여다보던 해주는 무겁게 발걸음을 떼었다. 이번에는 물방울이 위로 가는 모양인지, 구름이 점점 땅에서 멀어지고 있었다.

❋

다음 며칠 동안 해주는 요양원과 윤송이의 집을 오가며 동태를 살폈다. 아침에는 조식으로 나온 요거트와 샐러드 한 그릇을 먹고 숲길을 따라 가볍게 걷거나 뛴 후에, 빈덴 식당가에서 점심을 사 먹고 베르크 거리를 걷다가 돌아오는 식이었다.

거리를 걷다 보면 해주처럼 어슬렁대며 다니는 사람들을 마주치기도 했다. 어슬렁대며 다니는 사람들은 대부분 독일어를 사용하지 않았고, 게르만처럼 보이지 않았으며, 마주칠 때마다 그들의 눈빛은 무분별한 시선에 상처입은 마음이 만들어낸 불안과 경계로 가득 차 있었다.

난민 유입에 반대하는 독일인들의 이야기를 눈여겨본 적이 있었다. 우리에게는 떠도는 이들을 위한 책임이 있다고 말하는 사람들을 향해 날달걀을 투척하는 사람들이었다. 흥분한 그들의 목소리는 거칠고 톤이 높았다.

난민들을 우리 세금으로요? 안 될 일이죠. 수십 년간 통일세를 지급했는데, 덕분에 동독에 건물도 세우고 도시도 좋아졌는데, 우리한테 돌아오는 건 뭡니까?

불안은 사람의 감정을 면밀하게 조종하는 법이다. 불안이라는 불씨를 지피면 사람들은 행동한다. 화는 가장 효과적으로 인간을 행동에 이르게 한다. 인간은 자신의 선을 증명하고 싶어 하고, 화를 내는 건 자신의 정의를 입증하는 일이니까. 그것이 용준의 입을 통해 들은 칸트의 주장이었다.

자신의 정당성과 의도의 순수함을 위해 사람들은 화를 낸다. 그래야 자신이 선이라고 믿는 것들을 지켜낼 수 있기 때문이다. 그런 사람들은 자신의 화를 촉발시킨 무언가에 집중한다. 자신의 선을 침해하는 원인을 제거하면 화가 풀릴 테니까.

그에 대한 명분으로 사용된 것이 10년 전 새해 쾰른에서 일어난 사건이었다. 자정 불꽃놀이를 위해 광장에 모인 수천 명의 사람들을 상대로 일어난 강도, 폭행, 절도, 성범죄가 뒤섞인 사건. 그 일을 선동한 사람으로 난민 신청자 수십 명이 지목되면서, 난민 전체에 대한 여론이 일순간 분노 비슷한 것으로 바뀌어버렸다.

그 후로 오랫동안 독일은 이주 문제로 골머리를 앓았다. 전세계 방송들은 독일 정부의 난민 정책을 옹호하며 난민 환영식을 취재했지만, 반대쪽에선 늘 반(反)난민 시위가 있었다. 그 사실을 뉴스에 내보내는 방송사는 드물었다.

선거는 불안한 사람들의 약점을 쥐고 흔드는 데 활용되었고 독일에서는 적극적으로 불법 난민 이주를 반대하겠다는 정당이 생겼다. 그들이 만든 플래카드가 거리마다 뿌려졌고, 공영방송을 믿을 수 없다며 개인 미디어들이 줄줄이 생겨 난민과 그들을 보호하는 세력을 비웃었다.

낮은 곳에 생기면 안개, 땅에서 멀리 떨어지면 구름.

해주는 타래를 뒤로 감았다. 통일 후 서독에 간 동독 사람들

은 자신이 살고 있는 나라에서 정당한 시민으로 인정받지 못
했다. 동독 건물은 새것으로 바뀌었지만, 도시 곳곳에는 공동
화된 건물이 더 많았다. 서독에 갔던 사람들은 동독으로 다시
되돌아왔다. 계급을 기저에 둔 차별과 불가능에 가까워진 소통.
　통일이 그들에게 영광만큼이나 깊은 상처를 남겼다.

　낮은 곳에서는 안개, 높은 곳에서는 구름.

　탈북자들의 자살률은 대한민국 일반 자살률보다 세 배 높
았다.
　용준의 죽음을, 누군가는 책임져야 한다고 생각했다. 그리
고 해주는, 그 누군가가 자신이어야 한다고 생각했다. 죄책감
을 갖는다는 건 어른이 된다는 뜻이다. 어른이 되는 나이는 없
다. 어른인 채로 어른이 되는 사람은 없다. 책임을 지면 아무
리 어려도 어른이다. 해주는 이제야 어른이 된 것 같다.
　그것이 스스로의 선을 지키는 방법이다.

✽

　세 번째로 만난 장춘자는 베이지색 스웨터 차림이었다. 오

랜만에 든 햇볕이 휴게실 내부 구석구석을 비췄다.

장춘자와 홍성수와 윤송이.

해주는 삼각형의 각 꼭짓점에 서 있는 세 사람의 이름을 호텔 방 벽에 붙여두고 매일매일 들여다봤다.

휴게실로 들어온 장춘자는 선물로 들어온 차가 있어서 들고 내려왔다고 말했다. 마실 의향이 있느냐는 거였다.

"좋습니다."

장춘자는 해주에게 반대편 벽면에 있는 세면대에서 물을 받아 끓여줄 수 있는지 물으며 차 박스를 열었다. 말린 카모마일에서 진한 사과 향이 났다. 카모마일의 꽃말은 역경 속에서 피는 힘이에요. 장춘자가 혼잣말처럼 이야기하며 작게 웃었다. 생명력도 강하고, 추위에도 강하거든. 곤충들이 싫어해서 벌레도 끓지 않고.

해주는 카모마일에 관한 강의를 들으며 끓인 물이 담긴 주전자를 잠시 세워 석회를 분리시켰다. 장춘자가 말했다.

"용준이라는 친구에 대해 여러 번 생각했지요."

노인의 눈이 느리게 끔뻑이며 감겼다가 다시 떠졌다. 용준에 대해 더 듣고 싶다는 거였다. 어떻게 한국에 갔는지, 혼자 탈출했던 건지, 가족들은 북한에 있는지, 어떤 일을 하고 지냈는지. 장춘자는 용준의 면면을 궁금해했다. 북한을 탈출한 사람 중에 어떤 이들은 유럽이나 남아시아 대륙을 떠돌고, 그보다 더 많은 이들은 중국을 떠돌고. 그렇게 떠도는 걸 인생의 과제로 삼기로 작정한 사람들도 있다고 했다. 한국에 정착한 사람들은 적어도 타지에서 떠돌이 생활을 하지는 않아도 되지 않겠느냐고.

해주는 뭐라고 대답해야 좋을지 몰라 머뭇거렸다. 노인의 검은 눈동자 안에 해주의 얼굴이 가득 차올랐다.

"중국에 있던 동생이 먼저 세상을 떠났습니다."

장춘자는 깊숙이 고개를 숙였다. 그렇죠, 탈북자들이 타지에서 참 이런저런 일들을 많이 겪죠, 말하면서.

해주가 경장으로 승급하던 날, 용준은 해주에게 통닭과 음료를 사서 잔디밭에 앉아 먹자고 제안했다. 해주의 집 가까운 공원 잔디밭에 돗자리를 깔고 앉아 둘은 하늘을 바라보며 봄바람을 맞았다. 바람이 불어오는 순간마다 해주의 머리카락이 기분 좋게 살랑거렸다.

"이렇게 맛있는 거 먹고 편안하게 앉아서 노는 게 행복 아니겠냐?"

손에 잡고 있던 닭다리를 입에 넣어 수 좋게 뼈를 발라내던 용준은 해주의 말을 듣고 퉁명스레 말했다.

"형, 행복이란 편안해서, 놀아서, 좋아서 생기는 감정이 아니야."

해주는 캬, 소리를 내며 하늘을 올려다봤다. 용준아, 그만 먹고 누워서 하늘이나 올려다보고 말해라. 용준은 해주의 말에도 아랑곳하지 않고, 닭 뼈를 끝까지 다 발라내어 먹고는 콜라 한 모금을 마시고서 무심히 말했다.

"안 불행하면 그냥 행복이지. 고통스럽지 않고, 힘들지 않고, 그저 그 상태로 됐으면, 그게 행복이지."

그 말을 하며 입술에 묻은 양념을 혀로 걷어내는 용준의 머리칼을 봄바람이 가볍게 훑고 지나갔다. 용준이 봄볕에 몸을 따사로이 두지 않는 이유를 해주는 잘 알았다. 좋은 것을 봐도 눈을 거두는 이유, 행복한 감정이 들 때마다 무서워하는 이유. 혼자서 너무 행복하면 가족들에게 죄를 짓는 것 같다는 말을 이미 여러 번 들었다.

해주의 스마트폰이 울린 건 바로 그 순간이었다. 국제 전화 번호로 전화를 할 사람이 없었고 해외발 스팸도 많았으므로, 해주는 전화를 받지 않고 그냥 끊어지도록 두었다. 그런데 그 뒤로도 계속 울리는 전화에 용준이 말했다.

"벌써 몇 번째 울리네. 받아봐요, 형."

스팸이면 당장 신고하겠다며 으름장을 놓은 해주는 용준이 건네는 전화를 받았다. 전화를 건 사람은 숨넘어갈 듯 다급한 목소리로 용준을 찾았다. 김용준이라는 사람을 아느냐고. 혹시 어디에 있느냐고. 자신은 준희의 친구이고 준희는 김용준의 동생이라고. 무슨 일이냐고, 진정하고 상황을 이야기해보라는 해주의 말에 준희의 친구라는 사람이 훌쩍거리다 말을 이었다. 목소리의 높낮이가 들쑥날쑥했고, 이미 많이 울었는지 코도 막혀 있었다.

"준희가 방금 끌려갔어요. 북송되는 차에 올랐다고요."

해주는 영문 모른 채 치킨 한 조각을 손에 들고 있던 용준을 바라보며 입술을 닫았다. 여자가 말을 이었다. 준희를 데려올 수 있는 방법이 없겠습니까? 당신이 한국에 있는 경찰이라면서요…….

그 말을 가만히 듣고 있던 해주는 수화기를 용준에게 건넸다.

용준의 말대로 불행하지 않으면 행복이겠지만, 세상에는 불행을 야기하는 일이 행복을 느끼게 하는 일보다 월등히 많다.

용준은 포효했다.

참으로 따스한 봄날이었다. 멀리 벚나무에서는 벚꽃잎이 흐드러지게 흩날려 땅으로 떨어졌다. 돗자리를 든 사람들이 해사한 웃음을 띠고 이런저런 이야기를 나누며 걷고 있었다. 해주는 무릎을 세우고 앉아 용준이 침과 눈물이 뒤범벅된 얼굴로 땅을 치며 우는 소리를 들었다.

"그 나라에서 태어난 것이 뭐 그토록 잘못된 일이야. 싫다고
나온 사람을 왜 다시 잡아가느냔 말이야. 왜! 왜! 왜!"

해주와 용준 주변에 돗자리를 깔고 앉았던 사람들이 자리
를 피해 멀리 흩어졌다. 해주는 그런 용준을 붙들었다. 정신
차려, 용준아.

전화 한 통이 할퀴고 간 상처는 용준의 생기를, 그러니까 살
아야겠다는 의지를 꺾어버린 것 같았다. 그날 이후로 용준은
부쩍 야위어갔다. 밖으로 나오지도 않았고 집 안에서도 대부
분 누워만 있었다. 밥을 먹지도 않았다. 틀어박혀 취한 채로
울었다. 술만 마시다 죽을 것처럼 술을 입에 들이부었다. 준희
의 생사를 알 수 없다는 이야기는 브로커를 통해 여러 번 듣고
있었고, 그럼에도 무엇이든 알려달라고 매달 수백만 원을 브
로커에게 보냈다. 준희가 살아 있다는 소식을 듣는 것만이 그
당시 용준의 유일한 삶의 목적 같았다.

해주는 퇴근길에 간간이 용준을 찾아갔다. 원룸 바닥을 굴
러다니는 소주병을 치워주거나, 포장해온 떡볶이나 순댓국을
식탁에 올려두거나, 청소를 해두고 나오는 것이 전부였지만
그래도 해주는 시간이 날 때마다 용준의 집으로 갔다. 꺼이꺼

이 울고 있는 날도 있었고, 멍하니 유리창 밖의 뿌연 먼지를 응시하고 있을 때도 있었다. 해주가 먹이면 먹었고, 먹은 후에는 어김없이 토했다.

그렇게 두어 달이 지났을 무렵 해주는 폭발해서 소리치고야 말았다. 어둠 속에서 벽을 보고 웅크리고 있던 용준에게 해주는 말을 쏘았다.

"이 새끼야, 준희가 그렇게 되었다고 너도 이러고 있을 거야?"

그 말을 듣고도 한참 동안 웅크리고 있던 용준이 몸을 내밀고 이불 밖으로 천천히 기어나왔다. 그러더니 해주가 떠놓은 물을 한 모금 마셨다. 얼굴이 푸석했고 눈가가 텅 비어 있었다.

아이패드엔 해주가 틀어놓은 유튜브 클립이 자동 재생되고 있었다. 한국에 살고 있다는 한 탈북자 유튜버가 나와서 세련된 서울말로 PPL 광고를 하고 있었다. 탈북 과정에 대해 한참을 떠들던 유튜버가 광고 협찬을 받았다고 자랑하더니 톤을 올려 신나는 목소리로 말했다. 대한민국에 살려면 외모와 돈이 필수잖아요? 저 같은 방송인들은 더 그러는데요. 그래서 제가 직접 해보고 알려드리는 거예요. 여러분 예쁜 건 재능이에요. 제가 가본 성형외과, 궁금하시면 이쪽으로! 여자가 두 손 검지를 모아 가리키는 쪽에는 성형외과 채널로 바로가기 버튼이 떠 있었다.

해주는 화면을 꺼버렸다. 삽시간에 어둠이 공기를 쏠어버렸다.

용준이 죽고 얼마 되지 않은 시점에 해주는 준희의 친구에게 이 사실을 알려야겠다고 생각했다. 그래서 그때 걸려왔던 번호로 전화를 했었다. 전화를 받은 사람은 그때 그 친구가 아니라, 중국에 있다던 준희의 남편이었다.

해주는 그를 통해 준희 역시 이미 세상에 없는 사람이라는 걸 알았다. 그는 영어에 전혀 익숙하지 않은 것 같았다. 해주가 스피커폰으로 번역 앱을 켰지만 그가 너무 빠른 속도로 중국어를 쓰는 탓에 천천히 말해달라고 부탁을 해야 했다.

여러 번의 시도 끝에 준희의 전남편은, 준희가 함경북도 회령의 노동교화소 어딘가에서 아사했다는 소식을 얼마 전에 전해 들었다고 했다. 그의 말에는 어떤 감정도 실려 있지 않았다.

해주는 행복을 생각할 때면 여전히 용준의 말을 되새김질한다. 행복이란 행복하다고 느껴지는 자극을 계속 받는 게 아니고, 그저 불행하지 않은 마음이다. 그러면 불행을 불행으로 인지하지 않는 게 행복인가 싶기도 하다. 그래서인지 그 후로는 사람들이 행복을 말할 때, 해주는 속으로 그 단어를 삼켜버린다. 그날 돗자리 위에서 해주가 행복하다고 했던 말이, 그 뒤로 벌어진 모든 사건을 기억해내는 편집점의 가장 서두에 있기 때문이다.

　열린 문을 통해 찬바람이 불어들었다. 그 탓인지 장춘자가
가볍게 기침을 했다. 문을 닫는 것이 좋겠는지 해주가 물었지
만 장춘자는 고개를 가볍게 저었다. 차고 강한 바람이 불었다
불지 않았다 하는지, 바람이 들어왔다 말았다 했다. 장춘자는
날씨 따위에는 별로 아랑곳하지 않는다는 듯 담담한 표정으
로 마을을 내려다보았다. 해주와 장춘자의 눈앞으로 윤송이
가 죽은 건물을 둘러싼 지붕이 보였고, 그 옆으로 성당과 주택
들이 옹기종기 모여 있었다.

　장춘자는 잔에 물을 다시 채워넣었다.

　"얼마 전에 저곳에서 탈북자 한 명이 죽었다는 소식을 들었
습니다."

　해주의 질문에 장춘자가 침묵으로 시간을 약간 죽이다 입
을 열었다.

　"윤송이라는 아이지요."

　장춘자의 얇은 입술이 가볍게 닫혔다.

　"홍성수와 윤송이의 관계는 뭡니까?"

　증폭되었던 긴장감이 한꺼번에 뚝 끊기는 것처럼, 장춘자
가 풋 소리를 내며 웃었다.

"없어요."

온몸에 빠른 속도로 긴장이 돌았다. 장춘자가 그런 해주의 마음을 알고 있다는 듯이 누그러진 표정으로 말했다.

"윤송이는 내게 귀한 애였어요. 송이를 우리 집에 살게 한 뒤에 집에도 생기가 돌았어. 살아 숨 쉬는 것 같은 공기."

장춘자의 눈빛에는 회한이 잠겨 있었다.

"이 말을 언젠가 하게 될 거라고 생각했어요."

그렇게 말하며 장춘자는 해주 쪽으로 고개를 돌렸다. 휴게실 복도에 사람들 서넛으로 이루어진 무리가 웅성대며 지나 갔다. 무리에 있던 안드레아가 잠깐 휴게실 안쪽으로 들어오 더니 히터 온도를 좀 높여주곤 다시 나갔다. 차츰 어두워지는 데 형광등을 켤까요, 안드레아의 말에 장춘자는 가볍게 고개 를 저었다. 괜찮아요, 그렇게 춥지는 않네요. 장춘자의 말을 들은 안드레아가 웃어 보이며 해주에게도 인사했다. 복도를 지나가는 그들과 함께 소음도 빠져나가자 장춘자는 다시 이 야기를 시작했다.

"송이의 아이, 내게 손주 같은 아이가 처음 제대로 된 말을 하게 된 날이었어요. 말이 좀 느려서, 한마디를 떼기까지 오래 걸렸답니다. 그 아이가 '할머니'를 말할 수 있게 되었다면서, 아이가 나에게 할머니, 하고 말하는 걸 송이가 꼭 들려주고 싶다고 했었지. 할머니, 아이가 그렇게 불러준다면 여한이 없겠다고, 내가 언젠가 송이에게 말한 적이 있었거든. 그날이 바로 송이가 영영 떠난 날이야."

장춘자가 가볍게 기침을 하더니 차를 입술 가까이 댔다. 찻잔은 비어 있었고 장춘자의 기침도 멈추지 않았다. 물을 좀 데워줄 수 있나요, 장춘자의 말에 해주가 수돗물을 받아 포트 전원 버튼을 눌렀다. 기침을 계속하는 환자에게 찬바람이 좋을 리 없어 창문도 완전히 닫았다. 전기포트가 물을 끓이는 소리, 사과 향을 내는 말린 카모마일, 해주가 앉을 때마다 낡은 소파의 면과 맞닿으며 나는 냄새, 바깥의 작은 소음. 외부와 완전히 차단된 비현실의 세계에 당도한 느낌이었다.

차를 더 우려내는 동안 기침이 잦아든 장춘자가 말을 이어갔다.

"송이는 언제든 위험해질 수 있다는 걸 알았어요. 그날도 그랬다고 해요. 일하러 가던 시간에 급히 전화를 했거든. 아이를 잘 부탁한다. 그 말만 했다고 하더군요."

장춘자의 그 말이, 해주가 스스로에게 했던 충고처럼 들렸다. 해주는 제 몫의 찻잔에 반 정도 남아 있는 찻물을 물끄러미 보았다. 잔은 이미 차가웠다.

"범인이 누구냐는 중요하지 않아요."

이어지는 장춘자의 말은 신비한 세계의 암호 같았다.

"분노를 하면 복수할 대상을 찾지만, 분노를 뛰어넘으면 복수할 대상이 없어지는 법이에요."

장춘자는 생각이 많은 표정으로 잠시 창문 바깥의 정원 쪽에 시선을 두었다. 햇볕이 들어와 장춘자와 해주 위로 공평하게 앉았다. 장춘자는 찻잔을 들었다가 다시 내려놓았다. 사기가 서로 부딪치는 소리가 났다.

"중요한 게 뭡니까?"

"아직 죽지 않은 사람이 있다는 것."

해주는 부쩍 해쓱해진 장춘자의 얼굴을 바라보았다. 볼이 깊게 패고 눈가가 짙었다. 체기가 있어 아침도 제대로 못 먹었다고 말하면서, 장춘자는 비상벨을 눌렀다.

"좀 피곤하네요. 이만하면 됐습니다."

장춘자는 멀리 쏟아지는 햇빛을 향해 얼굴을 내밀었다. 장춘자의 맨 얼굴로 볕이 쏟아져들었다. 해주는 장춘자의 눈에서 시선을 떼지 못했다. 그 눈은 윤송이가 떨어져 죽었던 깊고 검은 네모를 어딘가 닮아 있었다. 고통의 뒤편에 생김이 있다면 이런 것 아닐까 싶었다. 맛을 잃은 차처럼 얼음 같은 슬픔. 용준을 잃었을 때 해주가 느낀 분노와는 색깔이 전혀 다른 것이었다. 어차피 슬픔은 개별적인 것이라, 누구도 상대의 슬픔에 완전히 가닿기는 힘든 법이었다. 둥그런 얼굴을 해주에게 내밀며 인사를 하듯 장춘자가 말했다.

"그러니 허튼 일에 시간을 쓰지 마세요."

해주가 어금니를 물었다. 허튼 일이라는 게, 범인을 찾는 그런 일 말입니까. 그렇게 물으려던 찰나 안드레아가 휴게실로 들어왔다. 몸이 좋지 않아서 올라가고 싶다는 장춘자의 말에, 그는 익숙한 자세로 발을 뻗어 휠체어 고정핀을 풀더니 다기는 탁자 위에 그대로 두고 가도 좋다고 해주에게 말하고는 휠체어를 돌려 밀었다. 해주는 그들이 나가는 것을 멍하니 바라보았다.

햇볕을 커튼이 먹어버린 것처럼 더 이상 빛이 실내로 들어오지 않았다. 햇빛은 어느새 누렇게 변해 있었다. 갈색 커튼에는 나무 그림자가 부조처럼 새겨졌다. 그림자를 물끄러미 바라보며 해주는 생각했다. 세상일들은 알 수 없는 채로 일어나기도 한다고. 슬픔은 개별적으로 일어나지만, 그 끝마다 닿을 부분을 내어준다는 것이 참 신기한 일이라고.

✱

뷜러에게서 전화가 온 건 묵고 있는 호텔 방에 막 들어섰을 때였다. 뷜러는 흥분한 목소리로 친구 한 명을 소개해주고 싶다고 했다. 이메일을 거의 들여다보지 않는 친구라 메일을 보낸 지 수 주일이 지난 지금에야 답장이 왔다고, 한국인이니까 직접 대화를 나눠보는 게 좋겠다고. 뷜러와 그의 지인은 베를린 이주민 연대 운동을 하는 동안 만났던 사람인데, 그 친구라면 해주가 궁금해하는 것들을 해소해줄 수 있을 거라는 말도 해주었다.

고맙다는 말과 함께 해주는 잘 걷지 않았던 커튼을 걷어보았다. 해주가 숙소로 쓰는 호텔 방의 창문 풍경 모서리에서 멀리 체크포인트가 보였다. 거대한 컨테이너 박스처럼 생긴 가건물 사이로 빈 검문소들이 줄지어 보였다. 서독 사람들이 동독을, 동독 사람들이 서독을 오갔다. 통일. 대한민국으로서는 경험해본 적 없는 일. 문득 그 일을 겪었을 평범한 사람들이 궁금해졌다.

"박사님은 베를린 장벽 무너지던 날에 뭘 하고 계셨어요?"

주황색 가벽으로 세워진 전시장의 검은 스피커에서 흘러나오던 웅성거림이 들리는 것 같았다. 폭죽 소리, 앵커 목소리, 고함을 지르는 사람들. 우르르 서독으로 넘어가는 동독 사람들.

"그 가을밤. 아버지가 출장 준비를 하고 있었던 기억이 나네요. 준비를 다 마치고서는 가족이 모여 저녁을 먹었어요. 식사를 마치고 TV를 틀었다가 그 장면을 봤습니다. 실감이 안 났어요. 우리에게는 동독에 이웃이나 가족이 없었으니 이질적이기까지 했습니다. 먼 나라 소식 같았죠. 그러고는 잠을 잤죠. 다음날 학교에 가야 하니까."

뷜러는 다음날에도, 그다음 날에도 어제와 다름없는 하루를 보냈다고 했다. 평온한 삶이었고, 통일 같은 거대 담론과는 상관없이 살아온 인생이었다고.

"그런데 어떻게 동독 사람들을 연구하기 시작하신 거예요?"

"아내가 동독 출신이에요."

해주가 조금 웃자 뷜러도 따라 웃더니, 사실 심각한 거라는 말을 덧붙였다. 아내를 사랑하지만 사랑하는 것과 소통하는 것은 다르다고, 그러니까 아내와의 소통이 개인적인 이질감 때문에 나오는 건지, 아니면 서로 다른 환경에서 살아온 탓인지 연구를 해야 한다는 걸 깨달았다고, 그 길로 연구하던 주제를 바꿔버렸다고.

"사람이 사람을 바꾸니까요."

그럼요. 해주는 답했다. 사람 때문에 울고, 웃고, 사람을 궁금해하고 다시 관계를 맺고, 그 관계에 또 아파하고, 지겹고 지겨운 그 짓을 또 하고……. 어째서 우리는 서로에게 이토록 깊숙이 얽히게 내버려두는 걸까.

해주 역시 그랬다. 용준을 만나기 전 해주에게 북한이란, 뉴스에서 듣던 김정은의 나라 정도였다. 핵무기, 개성, 공산주의, 세습, 그런 것들이 혼란스레 얽힌 곳 정도로 생각했다. 우연히 만난 용준, 함께 쌓은 시간, 그에 대해 누적된 여러 감정. 대양에 홀로 서 있는 선박이 항로를 전타하듯 그것을 기준 삼아 계속 앞으로 나아가려는 것. 그 모든 수고로운 과정의 시작이 결국 한 사람에게서 시작되었다는 게, 해주로서는 기이한 일이 아닐 수 없었다.

빌러가 소개해준 믿을 만한 한인 친구는 베를린의 한국학교 교장 서경국이었다. 낮고 건조한 말투에 강원도 사투리인지 경상도 사투리인지 모를 억양이 뒤섞여 있었다. 서경국은 전화를 받자마자 빌러에게 이야기를 전해들었다고 하면서도 의심을 거두지 못하는 목소리로 물었다.

"알려달라고 하면 알려는 주는데, 왜 굳이 베르크를 궁금해하는 거요?"

"윤송이를 궁금해하는 겁니다."

"그게 그거란 말이에요."

"예?"

"윤송이라는 그 북한 애가 왜 죽었는지 알려면 베르크를 쑤

시고 다녀야 할 거 아니에요."

거친 서경국의 목소리는 어떤 방식으로든 이 상황에 개입하고 싶지 않다는 완강한 말로 들렸다. 서경국은 윤송이라는 여자에 관한 소식은 이미 알고 있다고 했다. 뷜러가 궁금해하는 것도 알고 있었지만 개입하고 싶지 않은 마음이었다고 했다. 뷜러와 막역한 사이지만 베르크에 관해서 아는 사실 자체도 많지 않고, 아는 사실을 말해줄 용기도 나지 않는다고 했다.

"그 동네, 더 파서 좋을 것도 없고. 나는 이제 주민도 아니고."

해주는 서경국에게 절대 출처를 밝히지 않겠다는 약속을 몇 번이나 하고 나서야 베르크에 관한 이야기를 들을 수 있었다.

그는 베를린의 한 회사에서 일하다가 은퇴 후 베르크에 잠시 살았다고 했다. 한국인들끼리 폐쇄적인 집단을 이루고 있는 베르크에는 잘 적응을 못했다고, 그래서 다시 베를린으로 이사한 지 수년째라고 말하면서. 베르크엔 이상할 정도로 한국 사람들이 많이 살고 있다는 것도, 묘하게 폐쇄적인 분위기가 흐른다는 것도, 모두 그의 입에서 먼저 나온 말이었다.

해주는 1990년 브란덴부르크 문 앞에서 찍은 단체 사진을 아느냐고 물었다. 그게 어떤 걸 뜻하는지 서경국은 금방 알아챘다. 사진을 뷜러에게 보낸 게 서경국 자신이라는 거였다.

"그건 베르크의 정체성을 보여주는 사진이에요. 베르크라는 장소가 가지는 상징성, 한국인들이 모여 사는 마을로서의 문화적 정체성. 베르크는 바로 그런 곳입니다. 그냥 사람들이 모여 사는 마을일 뿐인 게 아니고요."

그 말을 들으며 해주는 희미한 호텔 스탠드 조명 아래에 뷜러에게서 받아온 사진을 놓고 한참 바라보았다. 바깥에는 체크포인트를 둘러싼 수십 개의 가로등이 별처럼 반짝이고 있었다.

"그런데요."

해주는 플래카드 뒤에 반쯤 몸을 숨긴 그 아이를 손가락으로 가리켰다.

"맨 앞줄에 있는 이 예닐곱 살 정도 된 아이는 누굽니까?"

그 말을 들은 서경국이 머뭇거렸다. 어째서 하필 그 아이가 궁금하냐는 거였다.

"홍성수라는 앱니까?"

수화기 저편에서 숨을 몰아쉬는 소리가 들렸다.

"홍성수는 지금 어디에 있습니까?"

"…… 죽었어요. 오래전에."

수화기를 든 해주가 고개를 끄덕이며 다시 물었다.

"30년 전 말이지요?"

서경국은 마지못해 네, 하고 답하며 이야기를 이었다.

"저도 말만 들었어요. 북한에 갔었다면 북한에서 죽었을 거예요."

"어떻게 이 사진에 남게 된 건지 아십니까?"

서경국은 혀를 한 번 끌어 차더니 말했다.

"사연이 좀 길어요. 함부로 말해서 좋을 것도 없는 얘기고요."

해주는 장춘자라는 노인을 아느냐고 물었다. 서경국은 그 인물이라면 모를 수 없다며, 요양원에 머문 지 몇 년째이고, 몸도 약해져서 사람들이 돌아가며 집을 관리하는 중이라고 말했다. 서경국은 장춘자의 건강이 매우 좋지 않다는 걸 알고 있었다.

"나이가 드셨으니까, 뭐."

해주가 밤으로 가득 찬 호텔 창문을 바라봤다. 창문엔 해주의 얼굴이 문신처럼 박혀 있었다. 해주의 반응이 도리어 놀라웠던 건지, 서경국은 그 정도로 아프지도 않은 노인이 요양원에 뭐 하러 들어가 있겠냐는 이성적인 결론을 내려 할 말을 잃게 만들었다. 장 교장도 사람들이 극진히 모시고 있을 거라고. 세월이 참 무상하다고, 장 교장이 베르크를 호령할 때가 있었다고.

"장벽이 무너지던 날에요. 베를린 장벽……. 저는 베를린에 있었거든요. 스무 살이었고, 대학생이었고, 아이들을 가르치는 한글학교 선생님으로 아르바이트를 뛰고 있었어요. 11월 9일은 한글학교 학기를 마치던 날이었는데, 그날 학교에 유독 사람이 없었어요. 마지막 날이라서 그런가보다 했을 뿐이죠. 강의실로 들어서면서 문 앞에 붙어 있는 작은 메모를 봤어요. 오늘은 독일의 기념일이 될 수 있는 날이므로, 휴강한다는 공지였어요. 그제야 학교가 그날 갑자기 문을 닫았다는 걸 알았죠. 그날이 그럴 수밖에 없는 날이었다는 건 나중에 알았고요. 어쨌든 휴강이었고, 저는 서베를린 시내를 관통하면서 사람들이 체크포인트 찰리로 모여드는 광경을 바라봤어요."

해주는 이야기를 들으며 신경을 바짝 곤두세웠다.

"무언가 광광대며 지나가는 소리를 들으면서, 교장 선생님이 설명해준 후에야 그날이 어떤 날인지 알게 되었죠. 그 아이를 만나기 전까지는 우리에게도 다를 것 없는 하루였어요. 뭐, 남의 나라 통일이니까. 저한테는 그랬어요."

"아이요?"

"네. 여섯 살쯤 된 아이. 홍성수. 우리와 같은 얼굴을 하고 있지만 들어본 적 없는 방언을 쓰는 아이. 함경도 출신이었어요. 그것도 나중에 알았죠."

"어디에서 처음 보셨는데요?"

"구석에 쪼그려 앉아 울고 있더군요. 동독 사람들이 밀물처럼 모여들어 정신없는 체크포인트를 지나 서독 쪽으로 들어오던 때였어요. 아이의 얼굴은 눈물과 침으로 범벅이 되어 있었고요. 밥때가 지났으니 집에 가서 밥이라도 먹이자, 교장 선생님이 그렇게 말씀하셨죠."

장벽을 건너온 사람들이 만든 거대한 물결 가운데, 이곳저곳 떠돌다가 길을 잃고 한곳에 서서 울기 시작한 여섯 살 북한 아이.

"부모는요? 주변에 없었나요?"

"부모가 같이 건너왔다고 했었어요. 아이가 기억하는 게 거기까지였거든요. 부모와 동독 사람들을 따라서 한꺼번에 장벽을 넘어왔다는 거. 그러다가 제 부모의 손을 놓쳐버렸지. 아이 부모를 찾아주려고 최선을 다했지만 찾을 수 없었어요.

그 아이를 교장이 거둬서 한글학교로 데리고 왔어요. 우리가 할 수 있는 마지막 방법이었죠. 베르크라는 마을을 만들 때였고, 교장 선생님과 사람들이 뜻을 모아 그쪽으로 거주지를 옮기려던 찰나였어요. 그 아이가 선물 같은 존재라면서, 고민하다가 베르크로 데려가기로 했죠."

한글학교 교장이라는 사람이 바로 장춘자라고 서경국이 말을 덧댔다.

"베르크에 있는 집들에 가면 대부분 그 사진을 보관하고 있어요. 브란덴부르크에서 찍은 낡은 사진인데, 홍성수와 찍은 유일한 단체 사진이거든요. 성수를 잊지 말자고, 그래서 베르크에 있는 사람들은 한국에 잘 안 돌아갔죠."

"홍성수는 왜 죽었어요?"

"독일이 통일됐을 때 동독을 통해 서독으로 넘어온 북한 사람들을 잡으러 다니는 무리가 있었어요."

"북한으로 데리고 가려고요?"

"네. 안 되면 사살하기도 했고요."

사살이요? 하고 해주가 묻자 놀랄 것 없다는 듯 담담한 목소리로 서경국은 말을 이어갔다. 그 아이가 죽고 많은 것이 바뀌었어요. 장 교장이 그때부터 북한에서 건너와 떠도는 아이들을 거두기 시작했죠. 장춘자의 집에 북한 사람들이 머물다 간다는 것도 쉬쉬했지만 다들 알고 있었고. 성수가 죽은 후에는 장 교장이 그 건물을 통째로 사서 오갈 데 없는 탈북자들을 거뒀다는 말에, 해주는 어째서 그 빌라 건물에 명패가 붙어 있지 않았는지 깨닫게 되었다.

"그런데 선생님은 베르크를 왜 빠져나오셨어요?"

"보안법이니 뭐니 시끄러웠어요."

"그게 무슨 말입니까?"

"그 옛날에 어떻게 알았는지, 한국에 잠깐 방문했던 베르크 사람이 홍성수를 도왔다는 이유로 다른 북한 사람을 또 도운 적이 있는지 조사를 받았어요. 동베를린을 지나가다가 여권에 동독 도장이 찍히는 통에 고문으로 눈 한쪽을 잃은 사람도 있고요. 그러니 다른 사람들도 더는 한국에 가기를 꺼리게 됐지요. 지금은 좀 나아졌겠습니다만…… 그때는 그랬어요."

해주는 여전히 1990년의 사진을 들여다보고 있었다. 서경국의 말대로 지금은 그때보다 사정이 좀 나아졌을까. 전쟁이 얼마나 무서운지도 겪었고, 냉전 시대도 겪었고, 힘든 시절을 다 겪어낸 후라, 사람들이 살기가 좀 더 편안해졌을까. 과연 그럴까요, 해주는 그렇게 말하려다가 입을 닫고 서경국의 안내를 따라 사진 속 인물들을 짚어갔다. 담배를 손에 들고 있는 깡마르고 얼굴이 긴 남자, 단정하게 빗어 넘긴 단발머리를 하고 앞을 향해 선 여자, 한쪽 눈을 가리고 있는 남자. 해주는 사진 속 사람들이 윤송이의 집 주변에서 봤던 사람들이라는 걸 깨달았다.

"그래도 끝까지 지켜야 할 게 있다고 믿는 미련한 사람들이 베르크 사람들이었어요. 윤송이도 그랬겠지."

서경국과의 전화를 끊은 후에 해주는 어둠 속으로 완전히 모습을 감춘 검은 숲을 바라보았다. 하늘을 뚫을 기세로 뻗어 나가는 빽빽한 나무의 가장 높은 가지가 어둠보다 더 어두운 색으로 바람에 흔들거렸다. 장춘자와 만난 휴게실에서도 그런 거친 바람이 자주 불었다. 장춘자는 매일같이 비가 오고 습한 공기가 떠다니는 이곳의 날씨를 겨울 장마라고 부른다고 했다.

"여기 사는 게 집에서 사는 것보다 좋은데. 따뜻하고, 다들 반겨주고, 삼시 세끼 다 챙겨주고."

그때 해주에게 왜 그런 의문이 들었는지 모르겠다. 그즈음 홍성수와 윤송이, 김용준에 대해 너무 깊이 생각하고 있었는지도.

"우리나라도 독일처럼 통일을 하면 어땠을까요?"

"그것을 간절히 바라던 때가 있었지. 독일도 통일이 되는구나. 다음은 우리 차례야. 모두가 희망을 가진 때가 있었어요."

애틋하게 생각하면 애틋해지더군. 통일이 우리 모두의 소원일 때가 있었으니까. 그렇게 말하는 장춘자에게 해주는 지금은 어떠냐고 물었다.

"글쎄."

장춘자는 그렇게 말했다. 어딘가 풀이 죽은 목소리였다. 분단이니, 통일이니 하는 것은 이제 그저 단어로나 존재하는 것 같아서. 해주는 고개를 짧게 끄덕였다. 용준을 만나지 않았더라면 관심이나 있었을까. 경장 진급과 먹고사는 문제. 겨우 그

것이 해주 삶을 지탱하는 전부가 아니었을까. 아니, 이런 문제들에 관심이 없는 대부분의 사람들에게 당신이 잘못이라고 말할 수 있을까. 아무것도 겪어본 적 없는 사람들에게, 생각하지 않는다고 손가락질할 수 있을까.

아니, 그러면 누가 이런 문제를 고민해야 하지.

용준과 통일에 대해 이야기를 나눈 적이 있었다. 용준은 한국이 언젠가 통일이 된다고 강력하게 믿었다. 한국이 미래 시대에 살아남으려고 한다면 무조건 통일이 되어야 한다고. 출산율도 점점 낮아져 인구 소멸 위험 지역도 많아지는데, 통일을 하면 우리가 인구 7천 만을 안정적으로 유지할 수 있는 걸 어째서 위정자들은 모르느냐고.

용준의 말을 가만히 듣고 있던 해주가 말했다.

"그게 대체 무슨 의미가 있는데. 통일이라는 건 말이야, 서로 간에 할 의향이 있어야 하는 거 아니겠냐? 다 사람 사는 일인데, 친해지고 싶어야 친해지는 거 아니겠냐고. 의지가 없는데 뭘 손을 잡냐. 개성공단도 열었다 말았다, 금강산도 열었다 말았다. 그런데 무슨 대화를 어떻게 하냐."

용준은 두 손으로 쌀국수가 들어 있는 그릇을 잡고 국물을 후루룩 마시더니 그릇을 탁 놓고는 말했다.

"의지가 없기는 둘 다 마찬가지지. 여기나, 거기나."

"내가 어렸을 때 말이야. 우리 엄마가 그랬어. 너 형하고 지금 화해 안 하면, 못 먹을 줄 알아. 형이랑 내가 뭘 먹을 때마다 서로 좋은 걸 먹겠다고 싸웠거든. 지금은 어떠냐, 형이랑 뭐 친하지도 않은데 그렇다고 썩 나쁘지도 않아. 상대편이 '악' 할 때 '악' 해주고, 조용할 때는 또 조용하고. 인생이 다 그런 거지. 통일도 그런 거야. 그게 뭐 대수냐? 여기 지나가는 사람들 봐라, 하루가 힘든 사람들이다."

해주가 그렇게 말했을 때 용준은 테이블을 쾅 치며 일어났다.

"그따위 생각을 갖고 있으면서 전 세계 일류가 되면 뭐 해."

나한테 왜 그러느냐고 해주는 묻고 싶었지만 그럴 수 없었다. 그게 어쩐지 잘못인 것 같았다.

❋

겨울 장마라더니, 그 말이 맞았다. 갑자기 날이 흐려지더니 검은 하늘에 마른 천둥이 울렸다. 쾅 하는 소리에 흠칫 놀라 해주는 멀리 하늘을 올려다봤다. 비가 막 내리기 시작했지만 거친 비는 아니었다. 빗줄기가 창문을 두드렸다 말기를 몇 번이나 반복했다. 천둥만 무서울 정도로 쾅쾅대는 중이었다.

스탠드는 여전히 해주의 스마트폰 속 사진을 비추고 있었다. 플래카드 왼쪽에 바짝 붙어 앞을 바라보고 있는, 젊은 장춘자. 해주는 그 모습을 확대했다. 단단하고 곧은 표정, 젊음의 활력이 두 발과 두 손에, 양볼과 새까만 머리칼에 넘치는 장춘자. 처음 뷜러 박사의 방에서 이 사진을 처음 봤을 때 해주는 그 여자가 카메라 앵글 멀리 어딘가에 시선을 뺏겼다고 생각했다. 해주의 손은 젊은 장춘자의 시선에 따라 꽂혔다. 그제야 해주는 장춘자가 홍성수의 뒤통수를 보고 있었던 게 아니라는 걸 알았다. 장춘자의 찡그린 눈빛은 두려움에 가까웠고, 그의 시선은 아이보다 먼 곳을 향해 있었다. 사진을 원래 사이즈로 줄이자 그 이유가 좀 더 선명하게 보였다. 어린 홍성수는 단체 무리에서 한 발 벗어나 있었고, 아이가 앵글을 벗어난만큼 카메라에 제복을 입은 사람의 몸이 반 정도 잘못 찍혀 있었다. 장춘자는 제복을 입고 아이 쪽으로 다가오는 그 사람을 바라보고 있었던 것이다.

해주는 가만히 사진을 보고 있다가 손을 뻗어 홍성수의 얼굴을 쓸어내렸다.

운명은 어쩌면 정해져 있는 게 아닐까, 사람은 자신이 운명을 개척한다고 믿겠지만 사실 운명이 사람의 멱살을 잡고 흔드는 것 아닐까. 해주는 그런 생각을 하고 있었다.

그 플래카드 뒤쪽으로 독일인들이 피켓을 들고 돌아다니는 장면도 보였다.

Wir sind ein Volk. 우리는 하나의 민족이다.

Deutschland einig Vaterland. 독일은 하나의 조국이다.

얼마 후에 베르크로 갈 사람들은 그곳에 모여 서서, 조용히 외치고 있었다.

우리는 한민족이다.

그때 독일로 갔던 한국인은 대부분 대한민국 남쪽에서 온 사람들이었다. 전라도와 경상도 출신, 그러니까 북한에 인접하지 않아 통일이 된다고 하더라도 그 소식을 TV나 라디오를 통해 들었을 사람들이었다. 그런 이들이 독일에 있다는 이유로, 이 모든 문제를 제 살에 닿는 문제로 느낄 수 있다는 게, 해주가 용준을 계기로 이 긴 이야기를 시작하고, 뷜러가 자신의 아내를 계기로 그 긴 연구를 시작한 것과 다를 수 없지 않을까.

5장

윤송이의 집 앞에는 끄무레한 안개가 어둠 속을 흐르고 있었다. 하루 세 시간 정도 텀으로 교대하고, 학교가 끝난 뒤 밤이 되기 전까지는 민진이 교대하러 오기도 한다는 말을 되짚으며 해주는 안개가 자욱한 봄밤을 견디는 중이었다.

용준을 만나기 전, 어둠에는 소리가 없다고 해주는 생각했다. 적어도 용준이 그런 해괴한 말을 늘어놓기 전까지는 그랬다.

"형, 어둠이 들려?"

"어둠은 보이는 거지 들리는 게 아냐."

해주가 그렇게 대꾸하자 용준이 말했다.

"윗집 사람이 쿵쿵대는 소리, 그게 어둠의 소리지. 어둠이 살아 있다는 소리잖아."

그때부터 해주는 밤공기를 가득 채운 차 안의 소리를, 윗집에서 들려오는 의자를 빼내거나 질질 끄는 소리를, 낮은 풀벌레 소리를, 멀리 날아가지 못하고 자꾸만 안으로 수렴하는 소리를, 어둠이 살아 있는 소리라고 생각했다.

아름다운 어둠을 용준은 사랑했다. 어둠 속에서 안전함을 느낄 때 용준은 완전한 아름다움을 느낄 수 있다고 했다. 밝은 곳에서는 다 보이니까. 보이기만 하는 세상은 진짜 살아 있는 소리를 잊어버리게 하니까.

"왜, 여행을 가면 잡생각을 하지 않게 되잖아요. 먹고사는 문제라든지, 미래라든지. 그런 헛생각을 하지 않게 되고 오로지 지금을 느끼는 거지. 보이는 것이 없어서 그래요. 중국에 가서 까막눈이 되었을 때 비로소 내가 잡생각을 하지 않고 있다는 걸 알았어요."

탈북하던 시절의 이야기를 용준은 그런 식으로 꺼냈다. 그때는 정말이지 오롯이 살아 있는 것 같았다고.

밤 근무를 나설 때면 용준의 말을 자주 떠올렸다. 범인 은신처나 자택 앞에서 몇 시간을 기다리거나, 심지어 차를 세워두고 그 안에서 잠을 자며 밤을 새우는 건 경찰 시절 밥 먹듯 하던 일이었다. 주변에서 그렇게까지 할 필요가 없다는 말을 들으면서도 해주는 그렇게 했다. 머리가 안 좋으면 손발이라도 부지런해야 한다고, 해주는 자주 말했다. (그러게, 해주는 스스로 머리가 아주 좋지 않은 줄 예전부터 알고 있었다.) 그래서 더 부지런하게 뛰어다니고, 더 열심히 공부하고, 한 번이라도 더 현장에 나갔다. 그런 생각을 하다 보면 완전히 쓸모없는 인간은 아닌 것 같았다.

그 시절을 떠올리며 잊었던 기억을 되살리려고 노력하는 중이었지만, 아무래도 윤송이가 살던 집 앞은 몇 시간을 잠복하기에 좋은 환경은 아니었다. 봄이 온 지가 언젠데 밤바람은 시렸고 주변에 가게라고는 간단한 카페테리아가 전부였다. 카페테리아 안에는 옅은 빵냄새가 돌았지만, 막상 구할 만한 음식이라곤 찬 샌드위치와 몇 종류의 과일 정도였다. 가게 안에 들어가 한 번은 커피를, 다른 한 번은 사과를 먹었다. 그러고는 밖에 나와 주변을 돌다 다시 들어가 커피를 한 잔 더 마신 게 해주가 한 저녁 식사의 전부였다. 바깥 공기는 축축하고 가게 안은 습했다. 이럴 때 폴폴 끓인 곰탕 국물 한술 먹으면 더할 나위 없겠다 싶었다. 뜨겁고 맑은 국물 위에 떠 있는 싱싱한 파, 먹음직스럽게 포가 뜨인 양지와 사태. 숟가락으로 휘휘 저어 흰 밥을 뜬 후에 섞박지 한 조각을 올려 먹으면.

잡았다.

유리창 밖으로 민진이 지나가고 있었다. 해주는 마시던 커피를 테이블 위에 올려둔 채 그대로 밖으로 나가 민진 뒤로 따라붙었다. 민진은 처음 만났을 때처럼 커다란 소니 헤드폰을 착용한 채였다.

해주는 잰걸음으로 다가가 민진의 어깨를 가볍게 툭툭 쳤다. 눈앞에 해주가 있다는 사실을 확인한 민진이 못 볼 걸 봤다는 듯 인상을 찌푸렸다. 헤드폰을 어깨에 걸친 민진은 해주에게 작정한 듯 말했다.

"소리질러버릴 거예요."

해주는 양쪽 손바닥을 앞으로 활짝 내보이며 팔을 머리 위로 번쩍 들었다.

"민진아. 나 진짜 윤송이가 왜 죽었는지 알아야 해서 그래."

"아저씨가 대체 뭔데요?"

민진의 목소리는 퉁명스러웠지만 적의는 없었다.

"나야…… 아무것도 아니지."

그럼 대체 무슨 자격으로 자꾸 눈앞에서 알짱대느냐는 표정으로 민진은 아랫입술을 길게 빼 해주 쪽으로 들이밀었다. 자격이야 없지만, 하고 말하려다가 무언가 생각나 해주가 급히 지갑을 꺼냈다.

"당위가 있어."

신분증이었다. 민진의 미간에 세로로 단단히 주름이 졌다.

"3년 전 모습이야. 경찰이었을 때야. 나 진짜 이상한 사람 아니라니까. 그건 너도 알잖아."

민진이 눈앞에 있는 해주의 얼굴과 제복을 입은 사진을 번갈아 봤다. 저 사진을 찍을 때만 해도 해주는 희망에 부풀어 있었다. 더는 취업 준비에 골몰하지 않아도 된다는 희망, 대한민국에 있는 범죄자들 박멸에 기여해보겠다는 희망.

그런데 말이지. 지금은 희망을 어디에 둬야 하지?

민진이 신분증에서 눈을 뗐다. 신세타령할 시간이 어디 있냐, 변해주. 눈앞에 있는 일이 내가 할 일이다. 지금 내가 할 일은, 민진을 설득하는 거다.

"나 진짜 윤송이가 어쩌다 그렇게 된 건지 알아보고 싶어서 그래. 한 번만 들여보내줘, 알아야 할 게 있어."

"어쨌든 내가 왜 아저씨 일에 가담해야 하느냐고요."

"너도 알고 싶은 거 아냐? 자살로 끝내버릴 거야? 그렇게 윤송이 보내버릴 거야?"

민진의 눈시울이 붉어졌다. 윤송이가 왜 죽었는지 밝혀내고 싶은 건 너나 나나 마찬가지 아니냐고. 해주가 말을 꺼내기도 전에 민진이 고개를 돌려버렸다. 민진은 길을 가로질러 빌라 정문 앞에 섰다. 해주는 머리카락을 쓸어넘겼다. 범인이 누구냐는 중요하지 않다던 장춘자의 말이 떠올랐다. 범인이 없는데 사람이 죽었다면 더 이상한 일 아닌가.

그런데 민진이 해주 쪽을 한 번 보더니, 정문을 활짝 열어두고 들어갔다. 안으로 들어오라는 신호처럼 느껴졌다. 해주는 문이 닫히기 전에 서둘러 뛰어 제 키의 두 배쯤 되는 거대한 출입문 안으로 들어가는 데 성공했다. 밤바람이 해주에게 붙어 들어왔는지 머리카락에서 비릿한 냄새가 났다. 우선 문 뒤에 잠시 몸을 숨겼다가, 계단을 받치고 있는 작은 문을 찾아 몸을 밀어넣었다. 어둠이 해주의 몸을 삼켜버렸다. 얼마나 그렇게 있었을까, 위층에서부터 천천히 내려오는 발걸음 소리가 들렸다. 민진의 앞 타임에 이든을 보고 있었던 사람일 것이다. 발걸음 소리에 맞춰 해주의 심장 소리도 쿵쾅댔다.

누군가 문을 열고 나가는 소리가 들렸다. 잠시 시간을 두고 어둠 속에 숨어 있던 해주는 계단을 뛰어올라갔다. 3층 현관문은 잠겨 있었다. 그 앞에서 손 주먹으로 문을 가볍게 서너 번 두드린 다음 계단에 걸터앉았다. 센서 등이 불을 밝히는 시간은 생각보다 훨씬 짧았다. 몸을 움직여 다시 센서를 깨웠다. 한 번, 두 번, 세 번. 어둠 속에서, 두렵지만 멈출 수 없는 것들에 대해 생각했다. 그런 것에 큰 용기가 필요하지는 않다는 사실에 대해서도. 그다음 다시 몸을 일으켜 센서를 한 번, 두 번.
다시 어둠. 어둠은 보이는 게 아니라 들리는 거라니까, 형.

해주가 몸을 움직이지 않았는데도 갑자기 센서 등이 켜졌
다. 잠시 뒤 부스럭거리는 소리와 함께 문이 열리더니, 민진이
문밖으로 빼꼼 얼굴을 내밀어 해주를 향해 물었다.

"뭘 해주면 되는데요?"

여전히 퉁명스러운 말투였지만 해주는 그 말이 민진이 할
수 있는 최선의 환대라는 걸 잘 알았다.

"보고 싶은 게 있어. 사건의 실마리가 될 윤송이의 물건 몇
개. 그것만 보게 해줘."

민진이 문을 활짝 열어젖혔다. 해주가 열린 문으로 잽싸게
발을 들였다.

"그런데,"

그렇게 말하더니 민진은 주의를 주는 듯 굳은 표정으로 제
검지손가락을 입술에 갖다 붙이며 말했다.

"아저씨는 말이 좀 많고 목소리 톤이 높은 편이니까, 조용히
해요. 이든이 자요."

해주는 어깨를 으쓱하며 윤송이의 집으로 들어갔다. 복도
를 따라 걷다가 이든이 자는 방 앞에서 더욱 걸음 소리를 조심
하며 안쪽으로 향했다. 민진도 해주를 따라 거실 방으로 들어

왔다.

거실 전등이 잠깐 깜빡거리더니 채도가 낮은 누런빛을 내며 켜졌다. 거실 벽에 붙어 있는 1990년 11월의 사진과 낡은 소파와 원목 탁자, 이든이 쓰는 의자가 해주의 시선을 스쳤다. 해주가 곧장 향한 곳은 앨범이 모여 있는 서랍장이었다. H.S.S가 새겨진 흰색 앨범의 마지막 장을 펼쳤다. 누군가 쓴 흔적이 있는 메모들. 그것에 손을 뻗었을 때, 민진이 해주 쪽으로 다가와 무언가를 건넸다.

"이게 뭐야?"

"송이 언니 스마트폰이에요."

언니 물건을 보고 싶다면서요. 거기엔 아저씨가 찾는 게 없어요, 하고 민진은 말을 보탰다.

"내가 숨겨놨던 물건들이니까."

민진의 표정에는 무르지 못한 경계와 불신 같은 감정이 뒤엉켜 있었다. 그래도 해주는, 혼란한 감정 끝에 서린 기대의 눈빛을 놓칠 수 없었다. 민진은 꺼진 윤송이의 스마트폰을 해주의 손에 쥐여주더니 말을 이었다.

"언니 사건을 자살로 종결시킨 건, 오히려 베르크 사람들이에요."

최대한 침착하게 다음 말을 기다리는 해주에게, 민진은 그날의 일을 털어놓기 시작했다.

　민진은 윤송이의 연락을 받고 서둘러 집으로 왔다. 점심시
간 즈음이었다. 며칠 동안 사람들이 따라붙었다는 이야기를
윤송이로부터 들은 참이었고, 그날은 아침부터 걱정을 토로
하는 문자가 왔다고 했다. 이미 강의실에도, 일하는 식당에도,
낯선 사람 둘이 찾아왔었다. 때가 된 것 같다고, 윤송이는 민
진에게 그즈음 자주 말했다. 윤송이가 민진에게 이든의 아빠
에 대해 이야기해준 것도, 자신이 어떻게 당국의 눈을 피해서
베르크까지 오게 되었는지 알려준 것도 그때였다. 그 전에 언
젠가 자신이 죽으면 이든을 돌봐줄 수 있냐고도 물었지만, 그
런 종류의 대화를 내켜하지 않았던 민진 때문에 한 번 물은 뒤
로 다시 언급한 적은 없다고 했다.

　민진이 스마트폰 전원을 켰다. 전원을 누르고 있는 민진의
손가락 살이 터질 듯 하얗게 변했다. 잠금 화면은 해사하게 웃
고 있는 이든의 사진이었다. 켜진 스마트폰에서 무언가를 찾
는가 싶었는데, 민진이 문자함을 열어 해주에게 내밀었다.

　― 피해.

윤송이가 마지막으로 받은 문자였다. 저장되지 않은 발신인으로부터 그 문자를 받은 직후 윤송이는 민진에게 문자를 보냈다.

— 민진아, 이든이 잘 부탁해. 스마트폰은 강의실 바닥에 떨어뜨려둘게.

그 문자를 보낸 지 40분 만에 윤송이는 죽었다. 윤송이는 알고 있었다. 누가 자신을 죽일 거라는 건 알 수 없었지만 적어도 자신이 위험에 처할 거라는 건 분명히 알았다. 그럼에도 평소와 다르지 않게 길을 나섰다. 일상을 지키는 것 말고 윤송이는 다른 방법을 선택할 줄 몰랐다.

이든이 깨어났는지 칭얼대는 소리가 들렸다. 그즈음 윤송이에게 자주 사람들이 찾아왔었다는 민진의 말을 들으며, 해주는 홍성수의 사진이 담긴 앨범 모서리를 뚫어져라 바라보는 중이었다.

"데려가려고 했던 거야?"

민진이 고개를 끄덕였다.

3대째 이름난 유럽통이었던 윤송이의 집안. 윤송이 세대부터 당국과의 소통이 완전히 불가능해지자 직접 귀환을 통보

하러 온 사람들. 상황을 미리 인지하고 유일한 혈육인 아이를 지키려고 했다는 윤송이, 아니 베르크의 사람들에 대해. 해주는 깨닫게 되었다. 몸부림치며 맞춰가던 퍼즐이 완성되는 순간이었다.

범인이 누구냐는 중요하지 않아요.

장춘자의 문장이 해주의 머릿속을 상처내듯 찢고 지나갔다.

"이든이는 아직 출생 신고도 못했어요."

이든이 칭얼대는 소리가 들렸다. 민진이 그 소리를 먼저 듣고 시계를 확인했다. 한 시간이나 잤었네, 민진이 벌떡 일어나 거실을 가로질러 방을 빠져나갔다. 민진이 나가고 이든의 울음소리가 잦아들 때까지 해주는 윤송이의 스마트폰을 손에 꼭 쥐고 있었다. 스마트폰 사진첩을 열었다. 잠든 이든을 안고 있는 윤송이의 사진, 윤송이와 이든과 민진이 함께 찍은 사진, 장춘자와 베르크에 있던 사람들, 이든의 아빠로 추정되는 사람과 함께 찍은 윤송이의 사진도 저장되어 있었다.

윤송이와 윤송이의 아이. 그리고 홍성수.

베르크 사람들이 평생 지켜온 것들이었다.

그것들을 물끄러미 보고 있던 해주는 밖으로 나가 이든의 방문을 열었다. 이든을 안고 있는 민진에게서 아이를 받아 안았다. 이든이 해주의 품에서 꼬물거렸다. 해주는 아이의 등을 천천히 다독였다. 토닥, 토닥. 맞닿은 채 뛰는 작고 여린 심장.
해주는 아이에게 제 체온을 나눠주고 싶었다.

✽

용준은 한국에 사는 것을 좋아했다. 탈북해 한국에 살다가
중국을 통해 강제 북송된 연예인의 사연을 용준이 들려주었
을 때, 해주는 어떻게 그런 일이 가능하냐고 도리어 반문했다.
그때 용준은 모르는 소리 말라는 듯 혀를 끌어 찼다.
"형님. 대한민국에서 이렇게 쾌적하게 살고 있는 것만도 얼
마나 감동적인 일인 줄 모릅니다. 사는 것에 감사하세요."
탈북이 그냥 북한을 나온다는 말이면 얼마나 좋겠냐고, 그
것은 목숨을 내놓고 시작하는 일이라고. 언제든 북한으로 다
시 끌려갈지 모른다는 불안 속에서 평생 살게 되는 것과 다름
없는 일이라고. 그럼에도 뛰쳐나오는 거라고. 용준은 탈북의
정의를 바꾸어주었다. 해주는 그때 처음으로 탈북한 사람이
북송되면 어떤 일이 벌어지는지 들었다.
강제 북송되는 건 죽는 거나 다름없다는 걸 북한 사람이라
면 모르지 않았다. 북한에 도착하면 알몸으로 '뽐뿌질'이라는
걸 당하는데, 이를테면 항문 같은 데 숨겨놓은 돈을 찾는다는

목적으로 앉았다 일어서기를 무한 반복하게 하는 거였다. 힘 없는 여자들이라면 당하기 더 쉬웠다. 그렇게 찾은 돈을 갈취 당하는 일은 발에 채이도록 흔하고, 구타와 고문은 그보다 흔한 일이라고. 1인실에 수십 명을 욱여넣고 움직이면 때린다고. 수십 명이 한 바가지에 담은 물을 나눠 쓴다고. 거기에 위생이 어디에 있겠느냐고. 그 틈에 끼어 잠이 오겠냐고.

전해들은 말을 해주에게 들려주던 용준의 얼굴은 점점 붉게 달아올랐다.

"바깥 상황이 그 정도인데 한국에 사는 게 대체 뭐가 나쁘겠어요. 그런데 준희는…… 대한민국 땅도 못 밟아봤잖아요."

귀까지 빨개진 용준은 포효하다가 그대로 손바닥에 얼굴을 묻어버렸다.

"이제 어디에 있으나, 세상은 내게 지옥이에요, 형."

"너 임마. 진짜 왜 그래."

해주가 용준의 등을 쳐대며 말했다. 용준은 불행하기로 작정한 사람처럼 보였다. 자신의 불우한 운명을 침착하게 받아들이겠다는 듯, 그는 굳은 돌처럼 주저앉아 쏟아지는 빛을 온몸으로 받아내고 있었다. 목석 같은 등을 아무리 내려쳐도, 용준의 불행에 해주가 가닿을 방법은 없을 것 같았다.

통일부가 있는 정부 청사 앞에서 용준이 홀로 시위를 한 적이 있었다. 여러 날 굵은 함박눈이 내리던 계절이었다. 밀도 높은 대기 안에 몰아쉬는 숨마다 차고 시린 바람이 들어찼다. 용준은 꼬박 이 주 동안 모자와 장갑도 착용하지 않은 채 강제 북송 반대 피켓을 들고 서 있었다. 용준의 머리와 어깨는 물론이고, 점퍼와 상체를 다 가린 피켓 위에도 눈이 쌓여가고 있었다.

강제 북송을 멈춰라. 탈북자들 다 죽는다.

용준의 입술 사이로 농도 짙은 입김이 퍼져나와 찬 공기 속으로 스며들어갔다. 용준의 절박함도 그 안으로 숨어드는 것처럼 보였다. 해주는 시위를 하는 용준을 내내 멀리서 지켜보다 돌아가기 일쑤였다.

그날도 그랬다. 저러다 거대한 눈사람이 될 것처럼, 커다란 눈송이들이 거침없이 용준의 머리 위로 쌓이고 있었다. 해주가 그곳에 도착했던 건 퇴근 시간 즈음이었다. 용준의 참담함도 이해하지 못하는 건 아니었지만, 가만히 보고만 있을 수도 없는 노릇이었다. 저렇게 계속 두었다가는 영양실조로 쓰러지거나 동사로 쓰러지거나, 둘 중 하나일 테니까.

해주는 어떻게든 용준을 데리고 저녁을 먹으러 갈 생각이었다. 하루 종일 미련하고 대책 없이 굶었을 터였다. 마음을 단단히 먹은 해주가 속도를 높여 용준에게 가까이 가려는 찰나, 용준 앞에 한 남자가 다가오더니 비명을 지르듯 큰 소리로 외쳤다.

"북한에 돈 퍼주는 짓을 막아라!"

얼음처럼 꼿꼿이 서 있는 용준을 향해 남자가 내지르는 소리가 차가운 대기 속으로 다시 펴져나갔다.

"북한에 돈 퍼주는 짓을 막아라, 그딴 식으로 예산 낭비를 하지 말라!"

해주는 걸음을 멈추고 가만히 서서 두 사람이 대치하는 장면을 바라봤다. 남자의 이글대는 눈빛과 용준의 짓이겨진 눈빛이 서로 마주쳤다. 주변에 서 있던 경찰들은 두 사람 사이에 나서지 않았다. 처음 벌어지는 일이 아니라는 뜻이었다.

"너희 같은 애들이 대한민국에 기어들어와서 국민 혈세 다 갖다 쓰는 거야."

그가 주먹으로 용준의 점퍼를 쳐댔다. 퍽, 퍽, 소리가 났다. 그의 주먹질에 따라 용준의 어깨에 쌓여 있던 눈이 공기 중으로 쏘아올려졌다. 이미 새하얗게 변해버린 용준의 머리와 어깨 위로 눈이 날렸다. 용준의 피켓에 쌓인 눈도 잔바람을 일으키며 바닥으로 떨어졌다. 해주는 바닥으로 힘없이 떨어지는 눈을 바라보다 고개를 숙여버렸다.

우두커니 서 있기만 하는 용준의 태도가 남자의 분노를 더 가중시켰는지, 남자는 계속 악을 써댔다. 남자의 화와 추위가 범벅이 되어 문장이 어눌해져갔지만, 의미는 명료했다.

남한은 남한대로, 북한은 북한대로 잘 살면 되는 거 아니냐고, 통일이 우리의 삶을 좋게 만들어주는 건 뭐냐고, 도대체 무슨 의미가 있느냐고. 나 한 사람 건사하는 것도 이렇게나 힘든 나라에서. 남자는 그런 의미로 채워진 문장을 눈바람에 날려 보내고 있었다.

제 풀에 지친 남자가 사라질 때까지 용준은 끄덕도 않고 서 있었다. 그러고는 멀리 해주를 보고서야 볼이 붉어졌다. 해주는 자신의 표정이 어떤지 용준을 보고서야 알았다. 절망과 참담함이 경계 없이 뒤섞인 용준의 붉은 뺨 위로 콧물과 눈물이 흘러내렸다. 정부 청사 문으로 빠져나온 공무원들이 검은 옷을 입은 용준을 태연히 지나쳐갔다. 그중 용준이 들고 있는 피켓의 내용을 궁금해하는 사람은 없었다.

해주는 달려가 용준 앞에 섰다. 그러고는 용준의 얼굴을 가만히 들여다보고 있다가 뺨을 힘껏 때렸다.

"정신 차려, 이 새끼야."

그때 해주는 그렇게 말했었다. 용준의 무릎이 꺾여 휘청였다.

"무슨 짓이야. 이렇게 추운데!"

해주가 화를 내며 용준의 어깨를 손으로 끌었다. 용준은 추위에 뿌리 박힌 나무처럼 제대로 움직이지도 못한 채 뒤뚱거렸다.

"형님."

용준이 눈물인지 콧물인지 모를 액체를 훌쩍였다.

"이게 아니라면 내가 할 수 있는 게, 아무것도 없어요. 아무것도."

해주는 순식간에 검어진 하늘만 바라봤다. 검은 대기 중에 흩날리던 눈발이 용준의 몸으로 스며드는 것을, 해주는 지켜보고 있었다. 검디검은 밤이 용준의 몸 안으로 숨어들며 녹아 버리는 것을, 해주는 어쩌지 못하고 지켜보고 있었다.

전쟁이 또 시작되었다고 했을 때 용준은 말했었다.

"총성과 포격이 오가는 그곳에서 사람 목숨은 지나가는 개의 목숨이랑 다를 게 없지. 전쟁은 신념이 만들지만, 그 신념이라는 게 결국 권력으로 채워 만든 욕심이 아니고 뭐겠어요."

용준이 생을 달리한 시점에 또 지구 어딘가에서 전쟁이 났다. 수만 명이 전쟁으로 목숨을 잃었고 그중 대다수는 힘없는 어린아이들이었다.

아직 잠이 다 깨지 않은 이든을 품에 안고 해주는 집 안 곳곳을 걸어다니다가, 다시 거실 방으로 들어와 1990년에 찍힌 사진을 올려다봤다. 그 사진에는 이미 죽은 사람들과 앞으로 죽을 사람들이 섞여 있었다.

이 모든 일은 과거의 반복일까, 미래를 위한 복기일까.

용준과 윤송이와 홍성수. 이들 말고도 이미 수많은 이들이 죽었다. 베르크의 문제였고, 한국의 문제였으며, 민족과 국가를 이루고 살고 있는 모든 사람의 문제였다.

이든이 잠결에 반대쪽 얼굴을 해주의 어깨에 묻었다. 이든의 방에서 과제를 하던 민진은 잠이 들었는지 조용했다. 창밖으로 눈이 내렸다. 가늘고 작은 눈이 소리 없이 밤하늘에 퍼지는 중이었다.

어째서 해주는 깨닫지 못했을까. 그날 피켓을 들고 있던 용준의 몸으로 스며드는 것이 검은 어둠이 아니라 하얀 눈이었다는 걸. 겨울밤은 지독하게 검었지만, 밤하늘 위로 날리는 것은 벚꽃 잎처럼 하얀색이었다는 걸. 그 밤 내리던 눈의 소리는 절망도 참담함도, 그 어떤 비극도 아니었다는 걸.

슐레히테스 게비쎈.

죽은 용준을 등에 업고 있는 것처럼 무거운 이 감정은 지독한 죄책감이었다. 그 죄책감의 뿌리는 비난이었다. 회피하고 싶은 마음에 쏟아지는 자기 비난이었을 것이다. 그렇게 피켓을 들고 있는 장면이, 해주가 본 용준의 마지막 모습이었기 때문이다.

✿

북한 사람들이 왔다 갔다는 소식을 베르크 사람 누군가가 윤송이에게 급히 전한다. 강의를 듣고 있던 윤송이가 그 문자를 받는다. 강의실 뒤편에도 윤송이를 기다리고 있는 사람이 있다. 벌써 며칠째 봐온 얼굴이다. 그는 강의실에서도 식당에서도 갑자기 나타나 멀리서 윤송이를 지켜보다 갔다. 때가 된 것 같다고 윤송이는 생각한다. 스마트폰을 꺼내 믿을 만한 친구에게 마지막 문자를 보낸다.

— 민진아, 이든이 잘 부탁해. 스마트폰은 강의실 바닥에 떨어뜨려둘게.

윤송이는 꺼진 스마트폰을 대형 강의실인 405의 계단과 의자 사이에 잘 기대어 둔다. 이번에는 두 사람이 따라붙는다.

윤송이는 평소와 다름없이 강의실을 나선다. 강의실에서 빠져나와 캠퍼스를 걸어서, 버스를 타고 요양원이 있는 곳에서 멈춰 선다. 요양원 위의 첨탑을 잠깐 올려다본다.

할머니, 이든이를 미리 데려왔어야 했는데 미안해요.

속으로 그 말을 삼키고는 요양원을 지나친다. 그러고는 비어 있는 건물, 이미 눈에 익은 건물로 그들을 유인한다. '이 건물은 더 이상 사용되지 않는다'라고 적힌 팻말을 지나친다. 나무 사이로 바람이 가끔 거칠게 분다. 윤송이의 계획대로 그들이 따라온다. 제멋대로 굴러다니는 흙과 부서진 잔해들 사이로.

1층, 2층, 3층, 4층.

숨이 거칠어지지만 올라가기를 멈추지 않는다.

5층, 6층, 7층, 8층.

따라오던 사람들을 향해 윤송이가 말을 건넨다.

"나를 찾아왔소?"

앞이 텅 빈 9층 건물 창문 앞에 섰을 때, 윤송이의 눈에 바깥의 깊고 어둑한 네모는 과연 무엇으로 보였을까. 웅덩이로 보였을까, 깎아지른 절벽처럼 보였을까.

아이가 안전하니 그것으로 됐다.

윤송이의 마지막 마음은 그런 거였을까.

윤송이가 한 발, 두 발 점점 뒤로 발을 짚어간다. 누군가 윤송이에게 말한다.

"네 아버지도 어머니도 다 북한에 있는데 어째서 같이 안 가려고 하나?"

윤송이가 고개를 젓는다.

"나는 여기서 할 일이 더 있소."

"야, 우리 좋게 좋게 가자. 너를 안 데려가면 내 모가지가 날아간다."

해주가 윤송이였다면 어떤 방법을 선택했을까. 잘 기억나지 않고 가볼 의향도 없는 고국으로 돌아가거나, 낯선 곳에서 죽거나. 둘 중 하나를 선택해야 했다면.

❈

해주가 앨범 한 장을 넘겼을 때, 홍성수가 한 여자의 손을 잡고 찍은 사진이 있었다. 둘 다 찡그린 표정으로 카메라를 바라보고 있었다.

앨범 안에는 그것 말고도 장춘자가 썼을 것으로 추측되는 메모들이 끼워져 있었다. 해주의 눈길은 베를린의 체크포인트

201

찰리 앞에 서 있는 홍성수를 찍은 독사진에서 멈췄다. 그 페이지엔 1983년 5월 19일생인 청진 출신 홍성수가 1989년 11월 베를린의 체크포인트를 통해 서독으로 이주했다는 사실이 기록되어 있었다.

앨범을 한 장 한 장 넘겼다. 그 뒤에도 같은 글씨체로 적힌 홍성수에 대한 기록은 계속되었다. 홍성수가 베르크역 앞에 서 찍은 사진, 잔디밭을 뛰노는 사진, 한국 사람들로 추정되는 이들과 함께 파티를 하거나 식사를 하는 사진. 하지만 기록은 어느 순간 갑자기 끊겨버렸다.

1993년까지였다.

홍성수라는 이름을 기억해주세요.

장춘자는 해주를 향해 그렇게 말한 적이 있었다. 그것은 장춘자가 가진 죄책감의 발현이었을까.

드르륵거리는 소리에 해주의 신경이 바짝 곤두섰다. 열쇠 구멍에 열쇠가 꽂히는 소리였다. 교대 시간이 아니었다. 깜짝 놀란 해주가 이든을 데리고 거실 구석으로 숨었다. 갑작스러운 움직임에 장난을 치는 줄 알았는지 해주의 품에 안긴 이든이 기분 좋은 꺄륵 소리를 냈다. 조도 낮은 거실의 간접 조명이 해주와 이든을 동시에 비추고 있었다. 사람이 집 안으로 들어오며 부스럭거리는 소리가 났다. 복도를 걷는 발걸음 소리, 아이의 방문을 여는 소리가 차례로 났다. 이든의 방에는 민진이 있을 텐데, 대화 소리조차 나지 않았다.

소리가 점점 가까워지자 해주가 이든을 더 꽉 끌어안았다. 해주와 이든의 그림자가 소파 뒤쪽 구석으로 숨더니 어둠 속으로 완전히 사라져버렸다. 그때, 문을 가볍게 두드리는 소리가 났다. 누군가 해주의 이름을 불렀다. 해주는 아무 말도 못한 채 안고 있는 이든을 되려 붙잡는 모습으로 얼어붙어 있었다. 답이 없자 아까보다 조금 더 큰 소리로 해주의 이름을 불렀다.

"변해주 씨."

해주가 어안이 벙벙한 얼굴로 문을 열었다. 문 앞에는 낯선 중년의 여자가 서 있었다. 여자는 해주를 보자마자 이미 알고 있는 사람에게 말하는 투로 무심히 말을 던졌다.

"저 기억하죠?"

날벼락 맞은 듯한 표정의 해주를 앞에 두고, 여자는 빠르고 정확한 문장으로 말을 이었다.

"놀라실 거 없어요. 저는 민진이 이모예요. 장 선생님 비서고요."

그제야 해주의 기억에 조각조각 흩어져 있던 장면들이 하나의 의미로 전달되었다. 해주의 눈앞에 있는 사람은 해주가 처음 이곳에서 본, 이든을 돌보고 있던 여자였다. 머리를 뒤로 완전히 넘겨 묶은데다 검은색 바지에 어두운 폴라티를 받쳐 입어 처음 봤을 때보다 더 어둡고 마른 인상이었다. 여자는 해주에게 놀랄 것 없다는 듯 무던한 표정을 지어 보였다.

"선생님이 위독하셔서, 빨리 돌아가봐야 해요."

해주가 눈을 길게 뜨고 여자를 바라봤다.

"장 선생님요."

약간 경직된 자세로 서 있던 여자는 저기, 하고 혼잣말하더니 가방을 뒤적이다가 뭔가를 꺼내 해주에게 내밀었다. 침묵이 두 사람 주변을 단단하게 에워쌌다.

"선생님께서 변해주 씨에게 전해달라고 하신 물건이 있어서 왔어요."

해주는 경계심으로 가득 찬 눈빛을 쉽게 풀 수 없었다. 민진까지 거실 문 앞에 기대어 있는 이 광경을 뭐라고 해석할 수 있겠는가. 여자는 가방에서 나온 물건을 해주의 손에 직접 들려주었다. 민진은 걱정 어린 눈으로 여자와 해주를 번갈아봤지만 별다른 말을 얹지는 않았다. 수첩 겉면에는 흰 천 위에 미싱으로 '홍성수'라는 이름이 박혀 있었다.

"성수는 아픈 아이였어요."

여자는 참고 있는 말이 많아 보였다. 해주는 땅에 발 딛고
있는 걸 잊어버린 사람처럼 붕 뜬 표정으로 여자를 바라보는 중
이었다. 해주가 이든의 옷을 부여잡고 있는 바람에 끌어안고
있는 게 해주인지 이든인지 알 수 없었다.

"장 선생님은 아이를 살리고 싶어 했어요. 아이가 너무 아픈
날이었거든요. 병원에 가려고 했지만, 주변 사람들이 말렸어
요. 괜히 이 아이가 북한 아이라는 사실을 알렸다가 험한 꼴을
당할 수 있었으니까. 그 시절엔 그랬어요. 북한 사람들과 말만
섞어도 범죄자로 몰리는 시절이 있었지. 곧바로 병원에 갈 수
는 없었지만 죽이라도 끓일 생각으로 장을 보러 갔었죠."

여자는 해주를 한 번 바라보고 암튼, 하더니 현관 쪽으로 몸
을 돌렸다.

"장 선생님이 변해주 씨에게 일부러 보여주라고 하신 거예
요. 문도 열어달라고 했고, 이든이도 일부러 보여달라고 했
고."

해주는 여자가 건넨 수첩에 놓인 제 손을 꽉 쥐었다. 왜요,
라고 묻고 싶었는데 좌절감이 먼저 들었다. 용준을 구하지 못
하고 수사도 제대로 하지 못한 채 이렇게 백수가 되어 떠도는
주제에 그게 왜 궁금한가. 실패한 친구, 실패한 수사관, 실패

한 인간에게. 여자가 정말 서둘러 병원에 가야 한다더니 다시 돌아섰다.

"지독한 폐렴을 앓으셨어요. 최근에 무리를 하셨는지 변해주 씨와의 만남 후에 악화됐고요. 그렇다고 죄책감은 갖지 마세요. 병세가 악화된 게 변해주 씨 때문도 아니고, 선생님은 오히려 변해주 씨 만난 것을 다행으로 여기고 계세요."

마지막 말을 마친 여자는 차분히 밖으로 걸어나갔다. 여자가 나간 뒤 복도의 센서 등이 꺼졌는데도, 해주는 홍성수의 이름이 정성스레 새겨진 수첩을 손으로 만지작거리고 있었다.

✽

우리는 많은 사실을 잘 모른다. 한 사람의 경험에는 한계가 있고 우리의 경험은 그 한계를 늘 뛰어넘지 못한다. 그래서 우리는 기록을 읽는다. 그것을 읽으면서 경계 바깥의 세상이 어떻게 돌아갔는지 추론할 수 있다. 인간의 유일한 무기는 다른 사람의 일을 내 일처럼 느낄 수 있는 공감성이 발달해 있다는 것. 그들의 슬픔의 둘레에 잠깐 닿아볼 수 있다는 것.

여자가 들려준 수첩은 장춘자가 이미 오래전에 써둔 기록물이었다. 홍성수의 당시 상황이 비교적 상세히 기록되어 있었고, 수첩이 발행된 연도인 '1990'이 금박으로 새겨져 있었다. 내지를 손가락으로 쓱 훑자 뒤편은 거의 비어 있었다. 앞쪽을 다시 펼쳤을 때, 해주는 수첩 사이에서 짧은 글을 하나 발견했다.

계단 앞에서 땀을 뻘뻘 흘리는 아이를 내가 붙들자, 검은 옷을 입고 있던 여자는 당신까지 해칠 생각은 없으니 아이만 달라고 했다. 아이만 달라. 아이만⋯⋯.

수첩을 재빨리 다시 훑었다. 글이 거의 없었다. 앞쪽엔 1990년의 월별 캘린더가, 그다음에는 주별 캘린더가, 마지막에는 밑줄이 그어진 메모장이 있었다. 대충 훑어봤을 땐 별로 중요한 점을 발견할 수 없을 만큼 빈 곳이 많았다. 해주는 처음으로 돌아가 천천히 다시 넘기며 살피기 시작했다.

페이지를 넘길 때마다, 빈칸인 날들에 있었던 일들은 무엇이었을까 상상하게 되었다. 1990년 1월, 2월, 3월, 4월. 장춘자와 베르크 사람들이 일곱 살 홍성수와 눈싸움을 하거나 봄의 숲으로 피크닉을 가거나 여름 바닷길을 산책하는 모습이 읽지 않아도 그려졌다. 그리고 하반기로 가는 어떤 날에, 장춘자는 적었다.

두 사람은 난간 아래로 굴러떨어진 아이를 확인하더니, 그대로 줄행랑이었다. 의사 정 씨가 아이를 데리고 가봤지만 이미 아이의 숨은 멎어 있었다. 시신은 베르크 사람들이 수습했다.

몇 달 전 일이 되어버렸지만 또렷하게 기억이 난다. 어째서 그 작은 아이가 본보기로 끌려가는 신세가 되어야 하는가. 아무도 이유를 알 수 없다. 만약에 아이가 죽지 않고 차라리 그들을 따라 북한으로 갔다면, 그 아이는 지금까지 잘 살아 있었을까. 나는 그런 생각도 한다.

그런데, 그 북한 여자가 먼저 놓친 게 아니었다.

아이가 꼭 잡은 손을 먼저 놓쳐버린 건, 땀으로 미끌거리는 내 손이었다.

또 어떤 날에, 장춘자는 적었다.

매일 밤 그 아이가 검은 어둠 속으로 훅 하는 소리와 함께 떨어진다.

수첩 마지막 장은 끝이 거의 닳아 있었다. 각인하듯 한껏 눌러 적은 문장이 마치 돌에 음각한 글씨 같았다.

지키려고 노력할수록 지킬 수 없다.

죄책감을 먹고 자란 후회는 껍질이 견고하다.

해주는 수첩을 덮었다. 반질반질하게 박혀 있는 이름을 몇
번이나 문질러봤다. 홍성수와 윤송이 사이에는 아무런 관계
도 없다는 장춘자의 말을 떠올렸다. 그다음에는 베이지색 스
웨터 차림으로 휠체어에 앉아 해주를 바라보던 장춘자를, 장
춘자의 비서이며 민진의 이모라던 그 여자를, 한쪽 눈을 가린
남자를, 담배를 피우고 있던 남자와 베르크의 거리에서 만났
던 사람들을 떠올렸다.

해주의 손에 쥐여진 그 수첩이 장춘자가 넘겨준 과거처럼
느껴졌다. 베르크의 이야기를 잊지 말고 계속해달라는 부탁
으로 들렸다. 그것이 일종의 책임감으로 해주에게 넘어온 것
같았다. 그들의 시대에는 아무도 말할 수 없었다고 했다. 그런
데 그들의 시대가 완전히 저물면, 그때는 누가 이 모든 이야기
를 기억해줄까. 아무것도 할 수 없었던 시대였다고, 그때는 그
랬다고, 베르크 사람들은 말했다. 그렇다면 지금은, 지금은 어
떠한가. 5년 후에는, 10년 후에는, 그때도 아무것도 할 수 없
는 시대라고 떠넘기고만 있을 텐가.

이제야 해주는 칸트에 대해 찾아보기 시작한다.

누가 나의 선한 행동에 박수쳐주지 않아도 나는 선하게 행동할 수 있어야 한다.

그것은 양심이고, 죄책감이며, 선함이다.

인간은 선한 방식으로 진화한다. 책임지지 않는 나를 비난하는 것조차 결국 선함이다.

용준의 죽음 이후 해주는 많은 것을 잃었다. 스스로 원해서 잃어버렸다. 용준이 눈사람처럼 불어나는 마지막 모습, 밀려드는 죄책감과 후회에서 그만 자유로워지고 싶었다. 용준이 죽은 뒤 처음으로 해주는 스스로 해야 할 일이 분명 있을 거라는 생각을 했다. 한국으로 돌아가 가장 먼저 용준을 찾아가서, 내가 조금 더 잘 알게 되었다고 고백하고 오리라.

그 뒤로 며칠 동안 해주는 베르크와 빈덴을 걸어 여행했다. 체크포인트에도 가봤다. 과거의 상흔, 부끄러움, 죄책감을 고스란히 보관하고 있었다. 동독은 사라졌지만 사람들은 역사를 끊임없이 되새겼다. 경찰들이 입고 있던 옷과 신었던 신발과 모자, 장벽이 무너지는 날 전파를 탔던 방송, 그 당시 동독과 서독을 오가던 차량들이 갖고 있던 차량 통행증 같은 것들. 사람들은 그것을 고이 간직했고 기억했고 그때의 기억을 바탕으로 새로운 것들을 만들어갔다. 이 나라에서 분단은 이제 역사의 산물일 뿐이었다.

오랜만에 따뜻한 기운을 품은 봄바람이 불었다. 그 바람이 체크포인트를 상징하는 회색 컨테이너 사이에 서 있던 해주에게 끼쳐들었다. 우리나라에도 그런 역사가 올까. 언제 올까. 그런 날에 우리는 어떤 모습일까.

아무것도 변하지 않았지만 모든 것이 변해 있었다. 해주는 제2검문소와 제3검문소 사이에 서서 한국으로 가는 비행기표를 알아봤다.

✽

트렁크 가득 짐을 싸둔 채, 해주는 침대 위에 쓰러져 잠이 들었다. 오랜만에 용준이 꿈에 나오지 않았고, 덕분에 거의 깨지 않고 잤다. 해주의 전화기가 울린 건 새벽 4시 20분 쯤이었다. 모르는 독일 번호였는데, 독일에서 단기간 쓰려고 샀던 유심폰으로 전화가 끊이지 않고 온다는 게 이상했다. 받을까 말까 고민하던 해주는 통화 버튼을 누르고 낮은 음으로 물었다.

"누구세요."

정적이 조금 흐른 뒤 거의 들리지 않을 만큼 가늘고 희미한 목소리가 해주의 귓속을 파고들었다.

"아저씨, 저예요."

누구,라고 다시 물으려던 찰나 해주는 그 목소리를 자신이 이미 알고 있다는 걸 인정하지 않을 수 없었다.

"무슨 일이야?"

민진의 목소리 끝이 자꾸만 갈라지다 못해 살짝 떨려오기까지 했다. 해주는 민진을 달래기 위해 천천히 말해보라고, 듣고 있다고 말하며 시간을 주었다. 민진이 또박또박, 그렇지만 울먹이며 말하기 시작했다.

"할머니가 돌아가셨어요."

해주는 고개를 깊이 숙였다가 다시 들었다. 민진의 다음 말을 기다리며 숨을 죽였다.

"아저씨, 그런데요."

"이든이가,"

등골이 오싹해져서 민진의 말을 다 듣지도 않은 채 해주가 되물었다.

"이든이가 왜?"

"그 사람들이 이든이의 행방을 다시 찾기 시작한 것 같아요. 요즘 낯선 사람들이 집 앞을 오가기 시작했어요. 그런데요."

민진은 먹먹해졌는지 말하다 멈추기를 반복했다.

"그런데?" 해주는 마음이 급했다.

"집 앞에 이런 쪽지가 있었어요."

"그게 뭔데."

아이의 조부모가 원해 아이를 데려가겠습니다.
내일 다시 오겠습니다.

그 쪽지를 다 읽더니, 민진이 말을 잇지 못하고 침묵하다가
이내 말을 이었다.
"아저씨, 이거 거짓말이에요."
해주가 무슨 말이냐고 되물었다.
"송이 언니한테 들었어요."
윤송이가 부모로부터 받은 마지막 편지의 내용을 민진이
들려주었다. 그 편지에서 윤송이의 부모는 단호히 말하고 있
었다. 앞으로 연락하기 힘들 테지만, 너와 아이가 살아 있는
것이면 된다고, 네가 원하는 땅에서 자유로운 삶을 살라고. 그
거면 된다고. 우리는 잊어버리라고.
민진의 목소리가 사정없이 떨려오고 있었다. 가슴 안으로
덜컹 소리를 내며 무언가 떨어지는 느낌이었지만 울먹이는
민진을 내버려둘 수는 없는 일이었다.
"방법을 찾아보자. 우리는 그 말이 뭘 뜻하는지 알고 있으니
까. 그리고 잊지 마."

훌쩍거리는 소리가 잠잠해질 때까지 기다렸다가 해주가 말했다.

"넌 내가 본 가장 영리하고 겁 없는 십대야."

문득 휠체어에 앉아 둥글게 웃던 장춘자의 얼굴이 떠올랐다. 그때 본 장춘자의 웃음이 따스했던가. 다정했던가. 휴게실 안으로 들어오는 한낮의 햇볕과 파동을 일으키며 동심원처럼 흩어지던 장춘자의 웃음소리는. 장춘자는 생의 마지막에 어떤 모습으로 눈을 감았을까. 죄책감에서 그는 자유로워졌을까.

"민진아. 이든이 바로 데리고 나올 수 있게 외출복으로 갈아입혀줘."

엄청난 책임감이랄 것도 없다고 해주는 생각했다. 그렇다면 죄책감일까. 아이를 지켜야 합니다. 당신이 그렇게 할 수 있습니다. 장춘자가 그런 말을 한 것도 아닌데. 홍성수도 윤송이도 못 살려냈으니까, 이든이는 반드시 지켜내야 하니까 당신이 그렇게 해주세요. 아무도 그렇게 해주를 종용하지 않았는데. 슐레히테스 게비쎈. 그것은 죄책감일까. 죄책감을 느끼고 싶지 않은, 선한 행동을 하고 싶어 하는 양심일까. 어지러운 담론에나 빠져 있을 수는 없었다.

지체할 시간이 없었다. 해주는 벌떡 일어났다. 세면대 위에서 찬물로 대강 얼굴을 씻고, 미리 챙겨둔 검은색 셔츠와 청바지, 검은색 패딩을 걸친 후에 모자를 썼다. 열어두었던 트렁크 안에 필요한 짐을 모두 욱여넣은 다음, 해주는 방을 한 번 쓱 훑어보았다.

요즘 해주에게 삶이란 겨우 시간을 이어나가는 행위일 뿐이었다. 이렇게 하루, 한 달, 1년을 이어가다 보면 해주 자신도 언젠가 용준을 따라 죽을 거라고 생각했다. 삶은 겨우 그런 거라고.

그런데 삶이 겨우 그런 것이고 죽음이 아무리 흔하다고 해도, 인간은 산다. 살아야 한다. 창문 유리에 반사된 제 모습을 바라보다가, 해주는 문득 심장이 있는 왼쪽 가슴에 손을 얹어보았다. 콩닥대던 아이의 작은 심장이 완전히 느껴지던 순간이 있었다.

아직 살아야 할 사람이 있다는 것.

죄책감에서 빠져나오는 유일한 방법은 그것뿐이었다.

부산하게 트렁크를 채운 뒤 배낭을 등에 메고 호텔 방을 나서던 해주는 방문 앞에서 잠시 멈춰 섰다. 이든을 안전하게 보호할 손이 필요했고, 이왕이면 기록이 남을 만한 행동은 하지 않는 편이 좋았다. 택시를 부르는 것도, 버스를 타는 것도 모두 하지 않기로 했다. 시간은 4시 50분에 가까워지고 있었다.

해주는 어두컴컴해진 방 안을 바라보았다. 가만히 서 있었을 뿐인데 무언가 볼을 지나 턱 아래로 툭 하며 떨어졌다. 눈가에 터져나온 눈물이 방울져 있었다. 말도 안 돼. 아무래도 평소에 일어나던 시간이 아니라 적응하지 못한 몸이 눈물을 흘려낸 같다고 생각했다. 불균형으로 몸이 놀라는 일이야 자주 있으니까. 아무렇지 않은 척 손바닥으로 눈가를 훔쳐냈다. 아직 차가워지지 않은 눈물이 해주의 손에 묻어나왔다.

트렁크를 뒤져 뛰기 편한 검은색 운동화로 갈아신었다. 그러고는 트렁크를 방 안쪽에 밀어넣고 닫아버렸다. 이렇게 해도 저 산을 뛰어내려가기 힘들다는 걸 물론 잘 알았다. 숲을 헤치고 경사진 길을 걸어 아이에게 간다는 것이 해주의 삶에 어떤 의미를 가져다줄지, 아직은 알 수 없었다.

✿

이든은 다행히 잠에서 깨지 않았다. 해주의 품이 제법 익숙해졌는지 쌔근거리며 잠을 자고 있었다. 해주는 아이를 품에 안고 밖으로 나왔다. 은밀하면서 잰 동작으로 숨죽이며 출입구를 닫았다.

새벽 5시 반, 하늘이 아직 컴컴했다. 골목에는 눅진한 겨울 끝의 기운이 고여 있었다. 해주가 숨을 크게 들이켜자, 시큼한 공기가 코끝으로 모여들었다. 땀으로 젖은 상체에 바람이 닿아 얼음처럼 찬 기운이 해주를 덮었다. 골목의 집들에 하나둘 형광등이 켜지기 시작했다. 가로등 불빛이 거리의 어둠을 파고들었다.

기세 좋게 몰려드는 파도 앞에 선 것처럼 마음이 작아졌다. 누군가를 쫓아가본 적은 많아도 도망쳐본 적은 처음이었다. 멀리서 자동차 바퀴 구르는 소리가 불규칙적으로 들려왔다.

해주는 빛들 사이로 펼쳐진 그림자에 최대한 몸을 숨기며 뛰었다. 조금만 걸으면 해주의 눈에 익은 곳이 나타날 터였다. 차가운 공기가 머리를 찔러댔다. 살에 닿는 습한 바람이 피부를 파고들어 얼음장이 닿은 듯 고통이 일었다.

아직 견딜힘이 남아 있었다. 괜찮다는 뜻이었다.

해주가 한 발을, 또 다른 발을 내딛기만 하면 걸음은 계속될 것이다. 그러면 되었다. 한 발, 또 한 발. 그렇게 생각하니 마음이 한결 가벼워졌다.

정말이지 그렇게 발을 내딛다 보면, 곧 청량한 봄바람이 불어올 터였다. ■

이 소설을 구상하게 된 계기를 이야기할 때면 아주 오래된 기억이 불현듯 떠오릅니다. 당시 독일 어느 대학교의 입학시험 마지막 문제로 이런 문장을 마주했습니다.

'재통일 후 동독인의 탈동독과 동독 공동화가 낳은 사회 문제에 관해 논하시오.'

대대적으로 공사 중인 중앙역과 새로 지은 통유리 창 고층 건물 사이로 보이던, 과거를 잃은 텅 빈 건물들. 학교를 다니는 동안 저는 가끔 웅장한 신축 건물 사이에 버려지거나 초라해진 것들 앞에서 우두커니 서 있다 돌아오곤 했습니다.

등단 직후 가장 먼저 했던 일은 오랫동안 마음에 담아둔 글감을 장편소설 분량으로 풀어내는 것이었습니다. 독일의 통일이 만들어낸 희열과 진통, 그것이 우리에게 헌사한 것들, 그럼에도 지금까지 계속되는 우리의 분단과 그 뒤에 숨겨진 이

야기, 틈을 비집고 새어나온 이야기까지……. 이들을 같은 공
간에 놓아보고 싶었습니다. 이런 탐심은 알 수 없는 당위와 고
집, 혹은 의무감에서 비롯되었는지 모르겠습니다.

마치 논문을 쓰듯 방대한 자료를 읽고 독일 전역으로 취재
를 다녔습니다. 귄터 샤보브스키의 기자회견 영상을 수십 번
돌려보고, 제가 아는 거의 모든 독일인에게 통일의 순간 무엇
을 하고 있었는지 물어보았습니다. 소설을 써내려간 끝에 보
덴호가 보이는 어느 작은 방에서 첫 원고를 마무리했습니다.
원고지 900매. 자신이 없었던 저는 아쉽지만 그 글을 어디에
도 내놓지 못한 채 서랍에 넣어두었습니다. 그 후 몇 권의 책
을 벼리는 동안에도 이 글은 포기할 수 없었습니다.

완성하지 못한 원고를 다시 붙들고, 또다시 붙들기를 수년.
그사이 초고 내용 대부분이 삭제되었고 네 번째 만든 플롯으
로 글을 엮었습니다. 새 원고에 마침표를 찍은 날 스스로에게
장하다고 이야기해주었습니다. 밥을 지어 먹으며 솟아오르는
여러 감정을 다독였습니다. 식탁 맞은편에는 10년째 쓰는 냉
장고가 있고 그곳에는 빛바랜 메모 하나가 붙어 있습니다.

어디에도 갈 곳 없는 탈북자가 스스로 선택하는 죽음.

냉장고 문을 여닫을 때, 밥을 먹거나 식탁 의자에 앉아 사람들과 대화를 나눌 때, 주방을 가로지를 때마다 그 문장은 그런 모습으로 제 곁에 오래 머물렀습니다. 등단 직후에 써붙여두었던 메모를, 책이 되어 나오는 이 순간까지 떼어내지 못했습니다.

어떻게 쓰는 게 좋을지 몰라 머뭇거린 밤들이 떠오릅니다. 첫 원고에서부터 지금까지 동행해준 김용준에게 감사합니다. 이 이름을 떠나보낼 수 있어 정말 기쁩니다. 실존한 적 없는 용준이지만 저에게는 생생히 삶을 살았던 인물로 느껴집니다.

베를린의 슈타지 박물관(Stasi Museum Berlin), 서독 지역이었던 헬름슈테트의 접경 박물관(Zonengrenz-Museum Helmstedt), 그 맞은편 동독 지역이었던 마리엔보른의 독일 분단 기념관(Gedenkstätte Deutsche Teilung Marienborn, 예전의 동독 측 경계검문소)을 방문해 자료를 얻었습니다. 연극 〈보더라인〉도 마음에 새기며 보았습니다. 구상할 때 가장 많이 살핀 자료는 베를린 장벽이 무너지기 직전의 기사와 탈북자 관련 다큐들이었습니다. 그 밖에 듣고 읽은 수많은 사연이 흙과 물이 되어주었습니다.

글을 마칠 수 있도록 함께해주신 은행나무출판사와 김서해 편집자, 바쁜 시간을 나누어 추천사를 써주신 이기호 작가님께 진심 이상으로 감사의 인사를 전합니다. 이 소설을 결국 쓰게 만들어준 당신과 나의 오랜 친구에게 애정을 보냅니다. 그런 원고가 있지 않냐고 물어봐준, 서랍에 있던 글을 꺼내보라고 응원해준, 이 원고를 결국 마무리할 줄 알았다고 격려해준 사람들이 없었다면 모든 일은 일어나지 않았을 것입니다. 선후배 작가들과 동료들, 이 책을 펼쳐주신 독자들, 문학에 헌신하는 모든 이들께 고맙다는 말을 전하고 싶습니다.

무의식과 의식으로, 제게 주어진 시간과 문장으로, 온 마음으로 썼습니다. 이야기의 모서리들이 저마다의 모습으로 이 글을 읽는 분들께 닿아 함께 생각하는 시간이 많아지기를 바랍니다. 앞으로도 제게 주어진 모든 감각으로 세상을 두루 살피며 살아가겠습니다.

2024년 이른 여름의 새벽
최유안 드림

참고 문헌

- 노명환 외, 『독일로 간 광부 간호사: 경제개발과 이주 사이에서』, 대한민국역사박물관, 2014.
- 박경란, 『나는 파독 간호사입니다』, 정한책방, 2016.
- 남북하나재단, 『2022 북한이탈주민 사회통합조사』, 2022.
- 유정숙, 『독일 속의 한국계 이민자들: 이해관계 대변과 자치조직 연구』, 김인건 옮김, 당대, 2017.
- 이경석 김경미, 「냉전기 북한-동독의 외교관계(1953~1989): 협력과 갈등」, 『유럽연구』 34(3):149-180, 2016.
- 재독한국여성모임, 『독일이주여성의 삶, 그 현대사의 기록』, 당대, 2014.
- 통일연구원, 『2014 유엔 인권이사회 북한인권조사위원회 보고서』, 2014.

- Boeger, Peter·Catrain, Elise(Hg.). *Stasi in Sachsen-Anhalt : Die DDR-Geheimpolizei in den Bezirken Halle und Mageburg.* Der Bundesbeauftragte für die Unterlagen des Staatssicherheitsdienstes der ehemaligen Deutschen Demokratischen Republik, 2016.
- Die Bundeszentrale für politische Bildung, Stasi-Dokumente über Nordkorea 1984-1989.

- Hertle, Hans-Hermann. *Die Berliner Mauer: Biographie eines Bauwerks: Biografie eines Bauwerkes.* Ch. Links Verlag. 2014.
- Hyun, Martin. *Die koreanischen Arbeitsmigranten in Deutschland.* Dissertation, Rheinische Friedrich-Wilhelms-Universität Bonn. 2018.
- Liana, Kang-Schmitz. *Nordkoreas Umgang mit Abhängigkeitund Sicherheitsrisiko: Am Beispiel der bilateralen Beziehungen zur DDR.* epubli. 2011.
- Roth, Jenni · Hyun, Martin. *Die Geschichte der südkoreanischen Einwanderer.* Deutschlandfunk Kultur. 2019.
- Taz, "Forscherin über Nordkorea und DDR", Interview mit Liana Kang-Schmitz, 3. März 2013.

새벽의 그림자

1판 1쇄 발행 2024년 6월 7일

지은이 · 최유안
펴낸이 · 주연선

(주)은행나무
04035 서울특별시 마포구 양화로11길 54
전화 · 02)3143-0651~3 | 팩스 · 02)3143-0654
신고번호 · 제 1997—000168호(1997. 12. 12)
www.ehbook.co.kr
ehbook@ehbook.co.kr

ISBN 979-11-6737-432-5 (03810)